इन्सान का नसीबा

(THE FATE OF A MAN)

इन्सान का नसीबा

मिख़ाईल शोलोख़ोव

अनुवाद

मदन लाल 'मधु'

वाणी प्रकाशन

वाणी प्रकाशन का 'लोगो'
विख्यात चित्रकार मक़बूल फ़िदा हुसेन की
कूची से

ISBN : 978-93-5000-001-4

वाणी प्रकाशन
21-ए, दरियागंज, नयी दिल्ली-110002
द्वारा प्रकाशित

फोन : 0091#11#23273167, 23275710
फैक्स : 0091#11#23275710
ई-मेल : vaniprakashan@gmail.com
vani_prakashan@yahoo.com
वेबसाइट : www.vaniprakashan.com

वाणी संस्करण : 2009

मूल्य : 150.00
आवरण : वाणी प्रकाशन
आर. टेक ऑफसेट प्रिंटर्स, दिलशाद गार्डन
दिल्ली-110095, द्वारा मुद्रित

INSAN KA NASEEBA
by : **M. Sholokhov**
Translated by : **Madan Lal 'Madhu'**

१९०३ से कम्युनिस्ट पार्टी की सदस्या
येव्गेनिया ग्रिगोर्येव्ना लेवित्स्काया को समर्पित

ऊपरी दोन के प्रदेश में लड़ाई के बाद का पहला वसन्त आया तो उसके अजब रंग नज़र आये। वह बड़ी तेज़ी और बहुत ज़ोर ज़ोर-शोर दिखाता आया। मार्च के अन्त में अजोव सागर के किनारे से गरम हवाएँ चलने लगीं और दो दिनों में ही दोन नदी के बायें तट की सारी बालू के ऊपर की बर्फ़ीली चादरें हट गयीं। स्तेपी में बर्फ़ से भरी हुई घाटियाँ, नाले और खड्ड फूल-से गये। स्तेपी की नदियाँ बर्फ़ तोड़ कर पागलों-सी उमड़ चलीं। रास्तों से आना-जाना बिलकुल दुश्वार हो गया।

साल के इस अटपटे समय में कुछ ऐसा हुआ कि मुझे बुकानोव्स्काया कस्बे में जाना पड़ा। दूरी कोई विशेष नहीं थी—बस, कोई साठ किलोमीटर, पर यही किलोमीटर जब तय होने पर आये तो काले कोसों में बदल गये।

मैं अपने मित्र के साथ सूर्योदय से पहले रवाना हुआ। मोटे-ताज़े घोड़ों ने जोतों पर पूरा ज़ोर मारा, फिर भी भारी गाड़ी मुश्किल से खिंची। पहिये धुरों तक बालू, जमे हुए पानी और बर्फ़ के मिले-जुले गारे में धँसते रहे। एक घण्टे में ही घोड़ों की बग़लों और कूल्हों के बन्दों के नीचे से झाग के बड़े-बड़े दूधिया चकत्ते नज़र आने लगे। सुबह की ताज़ा हवा घोड़े के पसीने और साज़ पर पुते हुए और धूप में गर्म हो गये तारकोल की तीव्र और नशीली बास से भर गयी।

जहाँ घोड़ों को गाड़ी खींचने में ख़ासी कठिनाई होती, वहाँ हम उतर जाते और पैदल चलते। हमारे पैर जहाँ भी पड़ते, वहीं बूटों के नीचे की नर्म बर्फ़ पिस-सी जाती और आगे बढ़ना बहुत ही टेढ़ी खीर लगता। परन्तु रास्ते के किनारों पर अब भी जमे हुए पानी की चमचमाती परत बिछी हुई थी और उधर से जाना और भी दुस्तर था। ग़रज़ यह कि यचेलांका नदी को पार करने तक की तीस किलोमीटर की मंज़िल तय करने में हमें छह घण्टे लगे।

मोखोव्स्की गाँव के सामने बहती हुई छोटी-सी नदी जो गर्मी में जगह-ब-जगह सूखी रहती थी, अब आलदार के पौधों से भरी दलदलों की एक किलोमीटर की चौड़ाई तक बाढ़ से उमड़ी मिली। यहाँ हमें नदी को पार करने के लिए एक नाव का सहारा लेना पड़ा। नाव थी चपटे तले की और अविश्वसनीय। उसमें अधिक-से-अधिक तीन आदमी एक साथ जा सकते थे। तो, अब हमने घोड़े वापस कर दिये। उस पार सामूहिक फ़ार्म के शेड में खड़ी एक जीप हमारा इन्तज़ार कर रही थी। जीप पुरानी थी, उसके सारे अंजर-पंजर ढीले थे और वह जाड़े में वहाँ छोड़ दी गयी थी। मैं और ड्राइवर हिचकते-झिझकते उस हिलती-डुलती डोंगी पर सवार हुए। मेरा मित्र हमारे सामान के साथ किनारे पर ही रह गया। डोंगी ने किनारा छोड़ा ही था कि सड़े हुए तख़्तों से पानी के छोटे-छोटे फ़व्वारे चालू हो

गये। हमने जो कुछ हाथ आया, उससे दरारें भरीं और रह-रह कर पानी बाहर उलीचते रहे। इस तरह एक घण्टे में हम नदी के दूसरे किनारे पर पहुँचे। ड्राइवर गाँव से जीप लाया, नाव के पास गया और डाँड उठाते हुए बोला—

"अगर यह सड़ा-गला, पुराना तसला टुकड़े-टुकड़े हो कर पानी में बह ही न जायेगा तो मैं दो घण्टे में आपके दोस्त को ले कर वापस आ जाऊँगा। हाँ, इससे कम वक़्त नहीं लगेगा।"

गाँव नदी से काफ़ी दूर था, और नीचे पानी के पास एक अजब-सा सन्नाटा था। ऐसा सन्नाटा वीरान जगहों में या तो शरद के काफ़ी बीतने पर छाता है, या फिर वसन्त के बिलकुल आरम्भ में घिरता है। पानी से सीली-सीली बू आ रही थी और इस बू में आलदारों के सड़ते हुए पौधों की सड़ाँध मिली हुई थी। बकाइनी धुन्ध से नहायी दूर की स्तेपी से धरती की सोंधी-सोंधी बास हवा के हल्के-हल्के लहरों के परों पर उड़ी चली आ रही थी। यह सदाबहारी बास कठिनाई से ही इन्द्रियों की पकड़ में आती थी और ऐसी ज़मीन की थी, जिसे हाल ही में बर्फ़ की जकड़ से छुटकारा मिला था।

पानी से थोड़ी ही दूर बालू के ऊपर बेतों और शाखों की एक टूटी हुई बाड़ पड़ी थी। मैं उस पर बैठ गया और मैंने सिगरेट का धुआँ उड़ाने की सोची। पर जेब में हाथ

डाला तो निराशा हाथ लगी—सिगरेट का पैकेट भीग गया था। बात यह है कि पानी की सतह से सटी नाव के ऊपर से गुज़रती हुई एक लहर मुझे कमर तक मटियाले पानी से तर-ब-तर कर गयी थी। उस समय सिगरेट की बात सोचने का समय नहीं था मेरे पास, क्योंकि नाव को डूबने से बचाने के लिए मुझे दूसरे ही क्षण अपने हाथ का डाँड रख कर पानी उलीच-उलीच कर बाहर फेंकना पड़ा था। परन्तु इस समय अपनी लापरवाही पर काफ़ी खीझ आयी। मैंने बहुत सावधानी से नीला, भूरा-सा पैकेट जेब से निकाला और उकड़ूँ बैठ, एक-एक करके सारी सिगरेटें बाड़ पर बिछाने लगा।

समय दोपहर का था। सूरज मई के दिनों की तरह तप रहा था। मुझे लगा कि सिगरेटें देखते-ही-देखते सूख जायेंगी। गर्मी तो सचमुच ऐसी थी कि मुझे अफ़सोस होने लगा कि इस सफ़र के लिए मैंने यह फ़ौजी पतलून और यह रुई की जैकेट आख़िर क्यों पहनी? जाड़े के बाद यह सचमुच पहला गरम दिन था। अपने को पूरी तरह उस वीराने और सन्नाटे को सौंप, अपनी पुरानी गर्म फ़ौजी टोपी उतार कर वहाँ बैठना, मशक्कत की खेवाई के बाद बाल सुखाना और धुँधलाये नील नभ के बीच लहराते, उमड़ते-घुमड़ते बादलों को भर आँख देखना मुझे बहुत भला लगा।

इसी समय गाँव के सिरे के घरों के पीछे से निकल कर मैंने एक आदमी को रास्ते पर आते देखा। वह एक लड़के का हाथ पकड़े जा रहा था। लड़के की उम्र मुझे कोई पाँच या छः वर्ष की लगी, अधिक नहीं। सो, वे दोनों धीरे-धीरे नदी को पार करने की जगह की ओर बढ़े, पर जीप के पास पहुँच कर मुड़े और मेरी तरफ़ आने लगे। आदमी क़द का लम्बा था, उसके कन्धे थोड़े झुके हुए थे। वह सीधा मेरे पास आया और भारी-भरकम आवाज़ में बोला—

"नमस्ते!"

"नमस्ते भाई," मैंने उसके बड़े, खुरदरे हाथ से हाथ मिलाया।

आदमी लड़के की ओर झुका और बोला—

"चाचा को नमस्ते कहो, बेटे! लगता है, तुम्हारे बापू की तरह यह भी कोई ड्राइवर है। फ़र्क़ सिर्फ़ यह है कि हम और तुम चलाते थे ट्रक और यह उस छोटी-सी मोटर को दौड़ाता है।"

बच्चे ने आसमान की तरह निर्मल अपनी आँखें मेरी आँखों में डालीं और ज़रा-सा मुस्कराते हुए अपना गुलाबी, ठण्डा हाथ मेरी ओर बढ़ा दिया। मैंने धीरे-से उसका हाथ दबाते हुए पूछा—

"ठण्डक से ठिठुरे जा रहे हो, बूढ़े बाबा? आज तो ऐसी गर्मी है और तुम्हारा हाथ इतना ठण्डा है, यह क्यों?"

हृदयस्पर्शी, बाल-सुलभ विश्वास के साथ लड़का मेरे घुटनों के पास सट आया और अचरज से अपनी छोटी-छोटी, पीली भौंहें ऊपर उठाते हुए बोला—

"मैं बूढ़ा थोड़े ही हूँ, चाचा। मैं तो अभी लड़का हूँ? और ठण्ड भी मुझे नहीं लग रही है। मेरे हाथ इसलिए ठण्डे हैं कि मैं बर्फ़ के गोले बनाता रहा हूँ।"

पीठ पर से अधभरा सफ़री थैला नीचे उतारते हुए उसका बापू धीरे-से मेरी बग़ल में आ बैठा और बोला—

"मेरा यह नन्हा-मुन्ना मुसाफ़िर...मेरा यार...मुसलसल सिरदर्द है। इसने मुझे थका मारा है। आप लम्बा डग भरिए तो लड़का दुलकी मारने लगता है। ख़ैरियत इसी में है कि आप उसके छोटे-छोटे क़दमों से क़दम मिला-- चलें। नतीजा यह कि जहाँ एक क़दम से मेरा काम चल सकता है, वहाँ मुझे तीन क़दम भरने पड़ते हैं और हम घोड़े और कछुए की तरह चलते जाते हैं। फिर यह क्या कर रहा है और क्या नहीं, इसके लिए दो आँखें आपके सिर के पीछे होनी चाहिएँ। आपने पीठ फेरी नहीं कि साहबज़ादे या तो किसी गढ़े-गढ़ैया में उतर गये या जमे हुए पानी के किसी टुकड़े को तोड़ने में जुट गये और उसे मिठाई की तरह चूसने लगे। नहीं भाई, ऐसे बच्चे को साथ ले कर सफ़र

करना आदमी के बस की बात नहीं....कम-से-कम पैदल तो बिलकुल ही नहीं।" इसके बाद थोड़ी देर तक वह चुप रहा और फिर उसने पूछा, "और तुम....तुम अपनी कहो, भाई, अपने चीफ़ का इन्तज़ार कर रहे हो?"

उसे यह बतलाना अब मुझे अच्छा नहीं लग रहा था कि मैं ड्राइवर नहीं हूँ, इसलिए मैंने जवाब दिया—

"हाँ, इन्तज़ार करना ही पड़ रहा है।"

"चीफ़ तुम्हारा उस पार से आने वाला है?"

"हाँ, उस पार से ही आयेगा।"

"क्या नाव जल्दी ही आने वाली है?"

"कोई दो घण्टे में आयेगी।"

"काफ़ी वक़्त है। ख़ैर, तो ज़रा साँस ले ली जाये। मुझे कोई जल्दी नहीं। मैं तो इधर से गुज़र रहा था कि तुम पर नज़र पड़ी। सोचा कि कोई अपना ही ड्राइवर भाई है, इन्तज़ार कर रहा है। चलूँ मैं भी वहीं, उसके साथ दो-चार कश तम्बाकू के ही हो जायें। अकेले कुछ मज़ा नहीं आता...ऐसे ही जैसे अकेले दम तोड़ने में कुछ मज़ा नहीं। लगता है कि ठाठ से जीते हो, सिगरेटें पीते हो। भीग गयी सिगरेटें, ऐं? ख़ैर, मेरे भाई, गीला तम्बाकू और डॉक्टरी इलाज के बाद घोड़ा, दोनों-के-दोनों बेकार। तो आओ, सिगरेट के बजाय देसी तम्बाकू का ही सहारा लिया जाये।"

उसने अपने हल्के, ख़ाकी पतलून की जेब से नली की तरह लिपटी हुई गुलाबी रंग की एक पुरानी-सी थैली निकाली और खोली तो मेरी निगाह एक कोने पर कढ़े कुछ शब्दों पर पड़ी। लिखा था—"प्यारे फ़ौजी को—माध्यमिक स्कूल की छठी श्रेणी की एक छात्रा लेबेद्यान्स्काया की ओर से।"

हमने देसी तेज़ तम्बाकू के कश लगाये और बहुत देर तक मौन साधे रहे। फिर मैंने सोचा कि इस लड़के के साथ वह आख़िर जा कहाँ रहा है, और क्या ऐसा काम आ पड़ा कि इन बुरे रास्तों का मुँह देखना पड़ा। परन्तु मैं पूछूँ-पूछूँ कि उसने ही पहले सवाल कर दिया—

"क्या पूरी लड़ाई भर ड्राइवरी ही करते रहे?"

"लगभग पूरी लड़ाई भर।"

"मोर्चे पर?"

"हाँ।"

"ख़ैर, भाई मेरे, वहाँ भी ऐसी मुसीबतें देखीं, ऐसी तकलीफ़ें झेलीं कि....कुछ न पूछो... ज़रूरत से ज़्यादा झेलीं..."

उसने अपने बड़े, काले हाथ घुटनों पर टिकाये और कन्धे झुका लिये। मैंने बग़ल से उस पर निगाह डाली तो अजीब ढंग से परेशान हो उठा...आपने कभी ऐसी आँखें

देखी हैं जिनमें राख का छिड़काव नज़र आये, ऐसी कलप और उदासी से भरी आँखें कि उनकी तरफ़ देखने की हिम्मत ही न हो? बस, तो नदी–नाव संयोग से मिले मेरे इस परिचित की आँखें बिलकुल ऐसी ही थीं।

उसने बाड़ से ऐंठी हुई एक टहनी तोड़ी और एक क्षण तक बालू पर उससे कुछ अजीब–सी चित्रकारी करता रहा। फिर बोला—

"कभी-कभी रातों को मैं पलक तक नहीं झपका पाता। मैं बस अँधेरे में आँखें गड़ाये रहता हूँ, गड़ाये रहता हूँ, और सोचता रहता हूँ—'ज़िन्दगी, तुमने ऐसा क्योंकर किया, तुमने इस तरह मेरी आत्मा को कुचल क्यों डाला? तुमने मेरे तन–बदन से सारी जान क्यों निकाल ली, इस तरह बेजान क्यों कर दिया?'—पर, न तो इन सवालों का कोई जवाब मुझे अँधेरा देता है, और न चमकते सूरज का उजाला...नहीं, मुझे कोई जवाब नहीं मिलता और शायद मुझे कोई जवाब कभी मिलेगा भी नहीं।" इतना कह कर वह अपने आपे में आया, अपने बेटे को स्नेह से थपथपाते हुएं बोला, "मुन्ने, जाओ, पानी के पास जा कर खेलो। बड़ी नदी हो तो छोटे बच्चों को खेल–खिलवाड़ के लिए कुछ मिल ही जाता है। पर देखो, ख़याल रखना...तुम्हारे पैर न भीगने पायें।"

धुआँ उड़ाते समय मैंने मौक़ा मिलते ही बाप और बेटे, दोनों पर तेज़ी से एक निगाह डाली और एक बात मुझे बहुत ही अजीब लगी। लड़के के कपड़े सादे, पर अच्छे और गफ़ थे। मेमने की पुरानी खाल के अस्तर वाला, लम्बे पल्ले का छोटा-सा कोट उसके बदन पर बहुत ही फ़िट था, छोटे-छोटे बूटों में ऊनी मोज़ों के समाने की अच्छी गुंजाइश थी और कोट की एक आस्तीन का फटा हुआ हिस्सा बहुत ही सफ़ाई से सिला हुआ था। यानी यह कि इस सब में माँ का कुशल हाथ था। पर पिता का हिसाब-किताब बिलकुल दूसरा था। उसकी रुईदार जैकेट कई जगह से जली हुई थी और रफ़ू भद्दा था। पुराने, ख़ाकी पतलून पर लगा पैबन्द ठीक से सिला न था, मोटे-मोटे टाँके लगा कर यों ही जोड़ दिया गया था। हाथ किसी मर्द का मालूम होता था। उसके फ़ौजी जूते लगभग नये थे, पर मोटे ऊनी मोज़ों में छेद-ही-छेद थे। उन्हें जैसे किसी औरत का हाथ नसीब ही न हुआ था...मैंने अनुभव यही किया कि या तो यह आदमी विधुर है या इसके और इसकी पत्नी के बीच कुछ-न-कुछ गड़बड़ है।

उसने पानी की ओर दौड़ते हुए अपने बेटे को ग़ौर से देखा, खाँसा और फिर बोलना शुरू किया। मैं उसकी बात पूरे ध्यान से सुनने लगा। कहने लगा—

"शुरू में मेरी ज़िन्दगी बहुत ही साधारण रही है। मैं वोरोनेज़ प्रदेश का रहने वाला हूँ और वहाँ सन 1900 में

मेरा जन्म हुआ। गृह युद्ध के ज़माने में मैं किक्वीद्ज़े डिविज़न में लाल सेना में रहा। 1922 के अकाल के वक़्त मैं कुबान चला गया और वहाँ कुलकों के लिए बैल की तरह खटा। इसीलिए ज़िन्दा बच गया, पर मेरे परिवार के सारे लोग यानी पिता, माता और बहन घर पर ही बने रहे और भुखमरी का शिकार हो गये। इस तरह मैं अकेला रह गया। जहाँ तक और नाते-रिश्तेदारों की बात है, मेरा नामलेवा कहीं कोई नहीं। ख़ैर, तो एक साल बाद मैं कुबान से लौटा और अपनी झोंपड़ी बेच कर वोरोनेज़ चला गया। वहाँ पहले मैंने बढ़ई का काम किया, फिर एक कारख़ाने में चला गया और मिस्त्री का काम सीख लिया। इसके बाद जल्दी ही मेरी शादी हो गयी। मेरी पत्नी का लालन-पालन बाल भवन में हुआ था। वह भी अनाथ थी। हाँ, पत्नी मुझे क़ायदे की मिल गयी। बड़ा मधुर स्वभाव, बड़ी हँसमुख, हमेशा मेरी बहुत चिन्ता करने वाली। फुर्तीली और चुस्त भी वह मुझसे कहीं ज़्यादा थी। बचपन से उसने दुख-मुसीबतें देखी थीं। हो सकता है कि इस बात का भी उसके चरित्र पर प्रभाव पड़ा हो। तुम उसे अजनबी के नाते देखते तो समझ लो कि कहीं कोई भी ख़ास बात न लगती, पर, देखो न, मैं तो उसे ऐसे नहीं देखता था। उसका पूरा व्यक्तित्व मेरे सामने रहता था, और मेरे लिए उससे ज़्यादा

ख़ूबसूरत और प्यारी औरत न तब दुनिया में थी और न अब कभी होगी।

"मैं काम से घर आता—थकान से चूर और कभी-कभी तो ऐसा बौखलाता-बरसता कि कुछ न पूछो! पर नहीं, वह रुखाई और सख़्ती का जवाब सख़्ती से कभी न देती। हमेशा सहृदय और शान्त रहती, कम आमदनी होते हुए भी मुझे बढ़िया-से-बढ़िया भोजन खिलाने की कोशिश करती। उसे देखते ही मन हल्का हो जाता और मैं एक क्षण बाद ही उसकी कमर में हाथ डालता और कहता, 'मेरी प्यारी-प्यारी इरीना, मुझे बड़ा दुख है कि मैंने तुम्हारे साथ इस तरह का रूखा व्यवहार किया। जानती हो, आज काम पर दिन बहुत ही बुरा बीता।' और फिर हम में सुलह हो जाती और मेरा चित्त शान्त हो जाता। और भाई, तुम जानते हो कि काम करने वाले के लिए इसके क्या मानी होते हैं? सुबह आँख खुलती तो मैं पलँग से बन्दूक की गोली की तरह चालू होता और यह जा-वह जा कि फ़ैक्टरी को रवाना। फिर तो यह कि जिस काम को हाथ लगाता, वही घड़ी की तरह सटीक चलता! यानी पत्नी के रूप में सचमुच समझदार मित्र के साथ होने के यही मायने होते हैं।

"कभी ऐसा होता कि मैं तनख़्वाह के दिन यार-दोस्तों के साथ ढाल लेता और फिर लड़खड़ाते हुए, गिरते-

पड़ते घर आता। देखने में ज़रूर ही बहुत भयानक लगता होगा। ऐसे में किनारे की कुल्हियों-गलियों की तो बात क्या, बड़ी सड़क की चौड़ाई भी मेरे लिए कम पड़ जाती। उन दिनों मैं हट्टा-कट्टा, गठीला जवान था। काफ़ी शराब पचा सकता था पीने के बाद और बिना किसी की मदद या सहारे के अपने-आप घर जा सकता था। पर कभी-कभी आख़िरी दौर में गाड़ी निचले गियर में आ जाती। और जानते हो, मामला हाथों और घुटनों के बल रेंगने तक आ पहुँचता। पर फिर भी मेरी पत्नी न मुझे डाँटती, न फटकारती, न चीख़ती-चिल्लाती। मेरी इरीना केवल हँस देती और सो भी ऐसी होशियारी से कि मैं उस हँसी का मैं कोई ग़लत मतलब न लगा पाता। वह मेरे बूट खींच कर उतारती और फुसफुसाते हुए कहती, 'अन्द्रेई, अच्छा हो कि आज तुम दीवार की तरफ़ लेटो—कहीं नींद में लुढ़क कर नीचे न जा गिरो।' और मैं जई के बोरे की तरह पलँग पर ढह पड़ता और मेरे सामने की हर चीज जैसे नाचने-सी लगती। फिर अनुभव करता कि वह हल्के-हल्के मेरा सिर सहला रही है और धीरे-धीरे प्यार-भरे कुछ शब्द कह रही है। इस पर भी मुझे बराबर लगता कि उसका मन मेरे लिए दुखी है...

"सुबह वह मुझे काम पर जाने के कोई दो घण्टे पहले जगा देती ताकि मैं बिलकुल अपने होशो-हवास में

आ जाऊँ और पूरी तरह चौकस हो जाऊँ। वह जानती थी कि शराब पी लेने के बाद मैं कुछ खाता नहीं, इसलिए वह खीरे का अचार या ऐसा ही कुछ ले आती और शराब का बचा-खुचा असर दूर करने के लिए छोटे-से गिलास में वोद्का भर देती। कहती, 'यह लो, अन्द्रेई, लेकिन अब दुबारा इस तरह से पी कर न आना मेरे प्यारे।' भला ऐसे और इस तरह विश्वास करने वाले आदमी को कोई कैसे नीचा दिखला सकता है? मैं तुरन्त गिलास ख़ाली कर देता। नज़रों से ही धन्यवाद देता, उसे चूमता और चुपचाप काम के लिए चल पड़ता। पर मेरे नशे की हालत में यदि वह एक शब्द भी मेरे ख़िलाफ़ कहती या कोसा-काटी और डाँटना-डपटना शुरू कर देती तो मैं दुबारा पी कर घर आता। ईश्वर जानता है कि मैं बिलकुल यही करता। जिन परिवारों में पत्नियाँ बेवकूफ़ होती हैं, वहाँ यही होता है। मैंने यह कितनी ही बार देखा है, और मैं यह अच्छी तरह जानता हूँ।

"ख़ैर, तो फिर जल्दी ही बच्चे पैदा होने लगे। पहले बेटा हुआ और फिर दो लड़कियाँ...बस, तो इसके बाद मैं अपने यार-दोस्तों से कट गया और अपनी सारी तनख़्वाह घर ला कर पत्नी के हाथों में देने लगा। अब तक परिवार काफ़ी बड़ा हो गया था, और अब मैं पीने की बात सोच

भी नहीं सकता था। छुट्टी के दिन मैं सिर्फ़ एक गिलास बीयर पी कर सन्तोष कर लेता था।

"1929 में मैं मोटरों में दिलचस्पी लेने लगा। मैंने ड्राइवरी सीखी और एक ट्रक पर काम करना शुरू कर दिया। फिर जब एक बार इस रास्ते पर पड़ गया तो दुबारा कारख़ाने में जाने को मन न हुआ। ट्रक चलाना मेरे जी को ज़्यादा भाया। इस तरह दस साल मैंने यों बिता दिये कि मालूम ही न हुआ कि समय कब आया और कब निकल गया। सब-कुछ एक सपना था जैसे। पर क्या होते हैं दस वर्ष! ज़रा चालीस के ऊपर के किसी आदमी से पूछ तो देखो कि तुम्हारी इतनी ज़िन्दगी कैसे बीत गयी? मालूम होगा कि उसने ज़र्रा बराबर भी कुछ नहीं देखा! गुज़रा हुआ ज़माना धुन्ध के पीछे छिपी, एक किनारे पड़ी दूर की उस स्तेपी की तरह होता है। आज सुबह मैं उसे पार कर रहा था तो हर चीज़ चारों ओर साफ़ थी, पर अब मैं बीस किलोमीटर पार कर आया तो धुन्ध का एक पर्दा-सा पड़ गया है। अब मैं न पेड़ों को झाड़-झंखाड़ से अलग कर देख सकता हूँ और न जुते हुए खेत को चरागाह से अलगा कर...

"उन दस वर्षों में मैंने दिन-रात काम किया, ख़ासी रक़म कमायी और हम दूसरों से कुछ उन्नीस ढंग से नहीं जिये। बच्चे हमारे दिलों की ख़ुशी रहे। तीनों बच्चे स्कूल

की पढ़ाई में अच्छे निकले और सबसे बड़ा बच्चा अनातोली तो गणित में ऐसा चमका कि उसका नाम एक केन्द्रीय अख़बार तक में छपा। वैसे यह बड़ी प्रतिभा उसे किससे मिली, कहाँ से मिली, यह मैं तुम्हें नहीं बतला सकता, मेरे भाई, पर मेरे लिए यह बड़े ही सुख की बात रही, और मुझे उस पर अभिमान रहा—बड़ा अभिमान रहा।

"दस वर्षों में हमने थोड़ी-सी रक़म बचा ली और लड़ाई से पहले अपने लिए एक छोटा-सा घर खड़ा कर लिया—दो कमरे, स्टोर और गलियारा। इरीना ने दो बकरियाँ ख़रीद लीं। भला हम और क्या चाहते? बच्चों की खीर के लिए घर में दूध, सिर के ऊपर छत, शरीर पर कपड़े और पैरों में जूते, यानी सभी कुछ था, और ठीक था। अगर कोई कसर थी तो सिर्फ़ यह कि घर के लिए जगह अच्छी न थी। जो जगह मुझे दी गयी थी, वह हवाई जहाज़ों के कारख़ाने से कोई बहुत दूर न थी। हो सकता है कि अगर मेरा छोटा-सा मकान वहाँ न हो कर कहीं और होता, तो मेरी ज़िन्दगी शायद कोई दूसरा मोड़ ले लेती..."

"और फिर छिड़ गयी लड़ाई। दूसरे दिन मेरे बुलावे के काग़ज़ात आ गये और इसके बाद—'कृपया स्टेशन पर रिपोर्ट कीजिए।' मेरे परिवार के चारों सदस्यों ने मुझे विदाई दी, यानी इरीना, बेटे अनातोली और मेरी दोनों बेटियों ने मुझे विदा किया। बच्चों ने हिम्मत से काम

लिया, गोकि बेटियों की आँखों में रह-रह कर आँसू छलकते रहे। अनातोली थोड़ा-सा सिहरा, जैसे कि उसे सर्दी लग रही हो। उस समय वह सत्रह वर्ष का होने जा रहा था। लेकिन मेरी वह इरीना...हम दोनों सत्रह साल साथ रहे थे, पर इस रूप में तो मैंने कभी उसे देखा ही न था। उस रात को मेरी कमीज़ और मेरा सीना उसके आँसुओं से तर हो गये थे, और सुबह भी वही झड़ी थी...हम स्टेशन पर आये तो उसके लिए मेरा मन इतना दुखा कि मैं उसकी आँख से आँख न मिला सका। आँसुओं की बौछार से उसके होंट सूज गये थे, बाल शॉल के बाहर निकले हुए थे और आँखें किसी बदहवास आदमी की तरह बेजान और धुँधलायी हुई थीं। अफ़सरों ने गाड़ी में सवार होने का हुक़्म दिया, पर वह मेरे सीने पर ढह पड़ी, मेरी गरदन में बाँहें डाल लीं, और सिर से पैर तक इस तरह काँपने लगी, जैसे कि वह कोई ऐसा पेड़ हो, जिसे काटा जा रहा हो...बच्चों ने समझाने की कोशिश की और मैंने भी....पर सारी कोशिश बेकार रही। दूसरी औरतें अपने पतियों और बेटों से इधर-उधर की बातें करती रहीं, पर मेरी पत्नी तो शाख की पत्ती की तरह मुझसे चिपक गयी, सारे समय सिहरती रही और उसके मुँह से एक शब्द न फूटा। मैंने कहा, 'अपने को सँभालो, मेरी प्यारी इरीना! मेरे जाने के पहले मुझसे कम-से-कम दो बातें तक कर लो।' इस पर सिसकियों के बीच

उसने जो कुछ कहा, वह यह था—'अन्द्रेई...मेरे प्रियतम...हम अब कभी नहीं...एक-दूसरे से...अब कभी नहीं मिलेंगे...इस दुनिया में...'।

"इधर तो मेरा दिल ख़ुद ही उसके लिए दर्द से फटा जा रहा था, और उधर वह मुझसे ऐसी बात कह रही थी! मुझे लगा कि उसे सोचना चाहिए कि उससे बिछुड़ना मेरे लिए भी कुछ आसान नहीं—फिर मैं किसी दावत-पार्टी में तो जा नहीं रहा था। बस, तो यह ख़याल आते ही मैं अपने आपे में न रहा। मैंने उसके हाथ अपने बदन से अलग किये और उसे एक ओर को हल्के-से झटक दिया। वह झटका मुझे तो हल्का-सा लगा, पर उस समय मैं बैल की तरह मज़बूत आदमी था। नतीजा यह हुआ कि वह कोई तीन क़दम तक लड़खड़ाती पीछे चली गयी। इसके बाद छोटे-छोटे क़दम रखते हुए फिर मेरी ओर बढ़ी तो मैं चीख़ पड़ा, 'इसी तरह विदा दी जाती है न? तुम मेरे मरने से पहले ही मुझे दफ़न कर देना चाहती हो क्या?...' लेकिन फिर मैंने उसकी हालत बिगड़ती देखी तो उसे अपने बाँहों में बाँध लिया...

इसके बाद आप-बीती कहने वाले की आवाज़ उसका साथ न दे सकी। वह यकायक ही चुप हो गया। इस मौन में मैंने एक सिसकी-सी सुनी और उसकी भावना ने अपनी गहराई मेरे अन्तर तक पहुँचा दी। मैंने बग़ल से देखा तो

उसकी उन मुर्दा, राख-सी धुँधली आँखों में मुझे एक भी आँसू नज़र न आया। वह मायूसी से सिर झुकाये बैठा रहा। उसके सुन्न-से पड़े, दोनों तरफ़ लटकते हाथ हल्के-हल्के काँप रहे थे, उसकी ठोड़ी थरथरा रही थी और इसी तरह उसके हठीले होंट भी काँप रहे थे...

"बीती बातों को मत दोहराओ, मेरे दोस्त!" मैंने धीरे-से कहा, पर लगा कि उसने मेरी बात सुनी ही नहीं। फिर बड़ी चेष्टा से उसने अपने को साधा और अजब ढंग से बदली हुई, भर्राई-सी आवाज़ में बोला—

"ज़िन्दगी के आख़िरी लम्हे तक, अपनी आख़िरी साँस तक उसे इस तरह धक्का देने के लिए मैं अपने को क्षमा न करूँगा!"

अब वह फिर चुप हो गया और यह चुप्पी काफ़ी देर तक बनी रही। उसने एक सिगरेट रोल करने की कोशिश की, पर अख़बारी काग़ज़ का टुकड़ा उसकी उँगलियों के बीच तार-तार हो गया और तम्बाकू घुटनों पर बिखर गया। आख़िरकार उसने जैसे-तैसे एक भद्दी-सी सिगरेट रोल की, दो-चार लम्बे-लम्बे कश खींचे, फिर गला साफ़ किया और अपनी दास्तान जारी रखी—

"मैंने किसी तरह अपने को इरीना से अलग किया, उसका चेहरा अपने हाथों से साधा और उसे चूमा। उसके होंट बर्फ़ की तरह ठण्डे लगे। मैंने बच्चों को अलविदा

कहा, और भाग कर चलती हुई गाड़ी पर चढ़ गया। गाड़ी धीरे-धीरे आगे बढ़ी, और इस तरह मैं एक बार फिर अपने परिवार के सामने से गुज़रा। मैंने देखा कि बेचारे मेरे अनाथ बच्चे एक-दूसरे से सटे हुए से, हाथ हिला रहे हैं और मुस्कराने की कोशिश कर रहे हैं, पर मुस्कान है कि चेहरे पर आने का नाम ही नहीं ले रही है। मैंने देखा कि इरीना हाथों से सीना थामे है, उसके होंट खड़िया-से सफ़ेद पड़ गये हैं, वह कुछ बुदबुदा रही है, टकटकी बाँध कर देख रही है और उसका सारा शरीर इस तरह आगे की ओर झुका हुआ है, जैसे कि वह तेज़ उल्टी हवा से लड़ती हुई आगे बढ़ने की कोशिश में हो...उसका यही चित्र हमेशा-हमेशा, ज़िन्दगी भर के लिए मेरी आँखों के सामने रहेगा—हाथों से सीना थामे, सफ़ेद होंट और आँसुओं से भरी हुई फटी-फटी-सी आँखें...अक्सर इसी रूप में तो मैं उसे अपने सपनों में देखता हूँ...क्यों मैंने उसे इस तरह धक्का दिया था? आज भी जब यह याद करता हूँ तो मुझे ऐसा लगता है मानो कोई कुन्द छुरी से मुझे हलाल कर रहा हो...

"हमें उक्रइना में स्थित बेलायात्सेरकोव में अपने यूनिटों में जमा दिया गया। मुझे एक तीन टनी ट्रक मिला और इस ट्रक के साथ मैं मोर्चे पर गया। ख़ैर, तो लड़ाई की चर्चा तुमसे क्या की जाये! वह तो तुमने ख़ुद भी देखी है और तुम्हें पता ही है कि शुरू-शुरू में कैसा-क्या रहा। मुझे

घर-परिवार से बहुत-सी चिट्ठियाँ मिलतीं, पर मैं ख़ुद कम ही लिखता। कभी-कभी लिखता, 'सब कुछ ठीक है, दुश्मन से थोड़ा-बहुत लोहा ले रहे हैं। अभी बेशक हम कुछ पीछे हट रहे हैं, पर चिन्ता की कोई बात नहीं। हम जल्दी ही अपनी ताक़त जुटायेंगे, और ऐसी मुँह की देंगे कि जर्मनों को मजबूर होकर आगा-पीछा सोचना पड़ेगा।' और भला लिखा भी क्या जाता? बड़ा विकट समय था। कुछ लिखने-लिखाने का मन ही नहीं होता था। वैसे यहाँ यह भी कह दूँ कि मेरी गिनती उनमें कभी रही भी नहीं जो पत्रों में रोना रोया करते। इसके साथ ही मोर्चे पर वे भी मुझे फूटी आँखों नहीं सुहाते थे जिनकी आँखें डबडबायी रहतीं, जो मतलब-बेमतलब हर दिन अपनी पत्नियों और प्रेयसियों को ख़त लिखते और काग़ज़ पर भरी नाक छिनकते कि उफ़, यहाँ की ज़िन्दगी का हाल कुछ न पूछो, बड़ी मुसीबत है, उफ़, मेरी जान जा सकती है! तो, ये कुत्ते के पिल्ले, इस तरह शिकवे-शिकायत करते जाते, हमदर्दी जगाते जाते, और टेसुए बहाते रहते। वे यह बात समझते ही नहीं थे कि घर-परिवार में उनकी मुसीबत की मारी पत्नियाँ और बच्चे भी उतनी ही परेशानी की ज़िन्दगी बिता रहे हैं, जितनी कि हम यहाँ। यानी ये औरतें और बच्चे सारा देश अपने कन्धों पर साधे हुए थे और ज़रा सोचो तो कि क्या और कैसे कन्धे हमारी उन औरतों और

बच्चों के होते कि वे इस बोझ के नीचे दब कर पिस नहीं जाते! और वे सचमुच दब कर पिस नहीं गये, उन्होंने यह बोझ सहा। फिर बच्चों की तरह ठुनकता कोई ऐसा ही आदमी दर्द से भरा खत लिख देता और मेहनत-मशक़्क़त करने वाली किसी औरत के पैरों के नीचे की धरती ही खिसक जाती। ऐसे पत्र के बाद बेचारी दुख में गहरे डूब जाती, समझ न पाती कि कैसे अपने को सँभाले और अपने काम का क्या करे! नहीं! यहीं तो तू मर्द बच्चा साबित होता है, यह तो पता चलता है कि तू सिपाही है, तुझे ही तो हर परिस्थिति का सामना और ज़रूरत होने पर हर दर्द सहन करना होता है। लेकिन अगर भाई, तुम तबीयत से मर्द से ज़्यादा औरत हो तो जाओ और चौड़ा स्कर्ट पहनो ताकि तुम्हारे चूतड़ ढँक जायें, फूले-फूले लगें, और तुम कम-से-कम पीछे से तो औरत लगो ही। इसके बाद चुकन्दर की निराई करो और गायें दुहो, तुम सरीखे लोगों की ज़रूरत मोर्चे पर नहीं। तुम्हारे बिना भी वहाँ काफ़ी बदबू है!

"लेकिन मैं एक साल भर भी लड़ाई में हिस्सा न ले पाया...इस बीच मैं दो बार घायल हुआ, मगर दोनों ही बार हल्की चोट आयी—एक बार बाज़ू पर तो दूसरी बार पैर पर; पहली बार एक हवाई जहाज़ से गोली लगी तो दूसरी बार बम के एक हिस्से का शिकार हुआ। जर्मनों ने मेरा

ट्रक की छत में और अग़ल-बग़ल में सूराख़ कर दिये, पर भाई, शुरू में तो मैं किस्मत का धनी साबित हुआ, किस्मत बराबर साथ देती रही। लेकिन बाद में नसीबा फिर गया...और 1942 की मई में मैं लोज़ोवेंकी में दुश्मनों के हाथों में पड़ गया और क़ैदी बना लिया गया। बहुत ही अटपटी परिस्थिति में यह सब कुछ हुआ। जर्मन ज़ोर-शोर से हमला कर रहे थे कि हमारी 122 मिलीमीटर वाली तोपों के गोले ख़त्म हो गये। मेरी ट्रक के ऊपर तक गोले भरे गये और ख़ुद मैंने इस तरह जुट कर काम किया कि मेरी कमीज़ पसीने से सराबोर होकर चिपक गयी। बहुत जल्दी करने की जरूरत थी, क्योंकि दुश्मन हमारे नज़दीक आते जा रहे थे। बायीं ओर किसी के टैंक धड़धड़ा रहे थे तो दायीं ओर और सामने से गोलियाँ बरस रही थीं। आसार कुछ अच्छे न थे...

"'इस सबके बीच से निकल जा सकते हो, सोकोलोव?' हमारी कम्पनी के कमाण्डर ने पूछा। पर उसके इस सवाल की कोई ज़रूरत न थी। सोचने की बात है कि वहाँ मेरे साथियों की जान पर आ बन सकती थी। ऐसे में मैं भला कैसे हाथ-पर-हाथ रखे बैठा रह सकता था? इसलिए मैंने जवाब दिया, 'यह भी कोई पूछने की बात है? मुझे तो बीच से जाना ही है और बस!' कमाण्डर बोला, 'तो फिर हवा हो जाओ! बैठो ट्रक में!'

"और मैं चल दिया। इस तरह मोटर या ट्रक मैंने जीवन में क्या भी कभी चलाया था। मैं जानता था कि मैं आलू लिये नहीं जा रहा हूँ। मैं जानता था ट्रक पर सामान ऐसा है कि मुझे ज़्यादा-से-ज़्यादा होशियारी बरतनी है, पर यह मैं कर कैसे सकता था, जबकि हमारे अपने जवान ख़ाली हाथों लड़ रहे थे, और जबकि सारा रास्ता तोपों की आग के नीचे उबल रहा था। ख़ैर, तो मैंने छह किलोमीटर की दूरी तय की और मैं ऐन ठिकाने के पास पहुँच गया। अब मुझे तोपख़ाने वाली खाई तक पहुँचने के लिए मुड़ कर सड़क छोड़ देनी चाहिए थी। पर, मैंने देखा क्या ? मैंने देखा कि चारों तरफ़ से गोले बरस रहे हैं और क़सम अपनी जान की, हमारी प्यादा पलटन के सिपाही सड़क के दोनों ओर के मैदान में से पीछे को भागे आ रहे हैं। अब मैं क्या करूँ ? लौट जाऊँ, यह तो करूँगा नहीं। तो, अब मैंने आव देखा न ताव, अपना ट्रक पूरी रफ़्तार से दौड़ा दिया। तोपख़ाने और मेरे बीच सिर्फ़ कोई एक किलोमीटर का फ़ासला था...गाड़ी मैं सड़क से काट ही लाया था, पर भाई मेरे, अपने तोपख़ाने तक पहुँच नहीं पाया...हो-न-हो, कोई लम्बी मार करने वाली तोप ही रही होगी, ट्रक के पास ही उसने कोई भारी गोला फेंका। मैंने न कोई धड़ाका सुना और न कुछ और। कोई चीज़ सिर्फ़ मेरा दिमाग़ भेदती चली गयी, और इसके बाद क्या हुआ, मुझे कुछ

पता नहीं। मुझे याद नहीं कि मैं कैसे ज़िन्दा बचा और नहीं बता सकता कि कितनी देर तक खाई से कुछ दूर अचेत पड़ा रहा। मैंने आँखें खोलीं तो उठते न बना। मेरा सिर झटके खाता रहा और मैं यों काँपता रहा, जैसे कि मुझे तेज़ बुख़ार हो। जिधर देखा, उधर ही आँखों के आगे अँधियारा नज़र आया। बायें कन्धे के अन्दर कोई चीज़ मुझे खुरचती और पीसती-सी लगी। बदन के जोड़-जोड़ में इस तरह दर्द अनुभव हुआ, जैसे किसी के हाथ जो पड़ा, उसने वही उठा-उठा कर पिछले दो दिनों में बराबर मेरे बदन पर दे मारा हो। ऐसे में कितनी ही देर तक मैं पेट के बल पड़ा ऐंठता रहा और आख़िरकार जैसे-तैसे उठा। पर फिर भी समझ न पाया कि मैं हूँ कहाँ और मुझे हुआ क्या है। मेरी याददाश्त जैसे पर लगा कर उड़ गयी थी। फिर से लेटने की बात सोच कर मेरा मन डरता था। मुझे लगा कि अगर लेटा तो फिर उठने की नौबत कभी न आयेगी। इसलिए तूफ़ान की लपेट में आये चिनार की तरह मैं जहाँ-का-तहाँ खड़ा इधर-उधर झटके खाता रहा।

"जब मैं सँभला और मैंने चारों तरफ़ निगाह दौड़ायी तो मुझे लगा जैसे कि किसी ने मेरे दिल को प्लास से जकड़ रखा है: जो गोले मैं ले जा रहा था, वे मेरे चारों ओर फैले पड़े थे, मेरा ट्रक भी पास ही था, टूटा-फूटा और मुड़ा-तुड़ा। पहिये हवा में थे। और लड़ाई...लड़ाई मेरे

पीछे चल रही थी...हाँ, मेरे ठीक पीछे चल रही थी। क्यों, क्या ख़याल है?

"मुझे आज यह मानने में कोई शर्म नहीं कि यह बात समझते ही मेरी टाँगें जवाब दे गयीं और मैं ऐसे गिरा जैसे कि किसी ने कुल्हाड़े से मुझे काट डाला हो। सबब साफ़ है। मैंने अनुभव किया मैं कट कर दुश्मनों की क़तारों के पीछे रह गया हूँ, यानी साफ़ कहूँ तो, फ़ासिस्टों का क़ैदी हो गया हूँ। ऐसे-ऐसे रंग दिखाती है लड़ाई....

"नहीं, यह समझना बहुत आसान नहीं है, मेरे दोस्त, कि आदमी अपनी इच्छा के विरुद्ध, अनचाहे ही क़ैदी हो जाये! और जिस पर ख़ुद कभी यह बीती नहीं, उसे यह बात समझाने में भी वक़्त लगेगा कि आख़िर इसके मानी क्या होते हैं!

"इस तरह, मैं वहाँ लेटा रहा कि जल्द ही मैंने टैंकों की गड़गड़ाहट सुनी, चार मँझोले जर्मन टैंक पूरी रफ़्तार से मेरी बग़ल से गुज़रे और जिस दिशा से मैं गोले लाया था, उस दिशा में बढ़े...तुम क्या सोचते हो कि उस समय मुझ पर कैसी गुज़री होगी? इसके बाद तोपें खींचते हुए ट्रैक्टर गुज़रे और उसके पीछे एक सचल-बावर्चीख़ाना। सबसे पीछे थी पैदल सेना। पैदल सेना बहुत नहीं थी—एक कम्पनी के बचे-खुचे जवान। मैंने जब-तब चोर नज़र से निगाह डाली और फिर अपना चेहरा धरती में गड़ा लिया,

आँखें मूँद लीं। उन्हें देखते ही मुझे घृणा होने लगती, कलेजा मुँह को आने लगता...

"जब मैंने सोचा कि सब के सब लोग जा चुके हैं तो सिर ऊपर उठाया और देखा कि कोई सौ क़दम के फ़ासले पर छह सब-मशीनगन चालक मार्च करते चले आ रहे हैं। मेरे देखते-देखते वे सड़क छोड़ कर सीधे मेरी ओर आये— छह-के-छह बिलकुल चुपचाप। मैंने सोचा कि अब ख़ैर नहीं। मैं लेटे-लेटे दम तोड़ना न चाहता था, इसलिए पहले तो मैं उठ कर बैठा और फिर खड़ा हो गया। अब उन छह में से एक मुझसे कुछ क़दमों की दूरी पर ठिठका और झटके से उसने अपनी सब-मशीनगन कन्धे से उतारी। आदमी जाने किस अजीब मिट्टी का बना होता है, पर उस समय मुझे ज़रा भी घबराहट नहीं हुई, मेरे दिल में फ़ुरेरी तक नहीं हुई। मैं उस आदमी की तरफ़ देखता हुआ सोच रहा था—अभी चुटकी बजाते में यह मेरा खेल ख़त्म कर डालेगा, लेकिन जाने निशाना कहाँ साधेगा—मेरे सिर पर या मेरे सीने पर? जैसे कि मुझे इस बात से कोई फ़र्क़ पड़ता था कि वह मेरे बदन के किस हिस्से को छेदेगा!

"आदमी जवान था—हट्टा-कट्टा, बाल काले, होंट तागे की तरह पतले, और वह आँखें सिकोड़ कर देखता था। मुझे लगा कि यह आदमी तो न आव देखेगा, न ताव और बस, मुझे गोली से उड़ा देगा। सचमुच ऐसा ही हुआ

भी, उसने सब-मशीनगन साध ली। मैंने उसकी आँखों में आँखें डालीं और मुँह से कुछ नहीं कहा। पर इसी समय उम्र में उससे बड़ा कॉरपोरल या ऐसे ही कुछ एक दूसरे आदमी ने चिल्ला कर कुछ कहा, फिर उस आदमी को एक ओर को ढकेला और मेरी ओर आया। अब वह अपनी भाषा में कुछ बुदबुदाया, मेरी कोहनी झुकायी और मेरी बाँह की माँसपेशियाँ टटोलीं। मेरे मज़बूत पुट्ठे को टटोलते हुए ख़ुशी से 'ओ-ओ-ह' कह उठा। उसने डूबते हुए सूरज की ओर जाने वाली सड़क की ओर इशारा किया और जैसे कहा, 'चलो, ख़च्चर, चल कर हमारे "राइख़" की सेवा करो।' कुत्ते का बच्चा! बड़ा मक्खीचूस किस्म का आदमी था।

"लेकिन काले बालों वाले की नज़र मेरे बूटों पर थी। वे देखने में काफ़ी अच्छे और मज़बूत थे। सो, उसने हाथ से इशारा किया, 'उतारो!' मैं जमीन पर बैठ गया, जूते उतारे और उसकी ओर बढ़ाये। उसने उन्हें जैसे कि मेरे हाथ से छीन ही लिया। इसके बाद मैंने पैर की पट्टियाँ उतारीं और उसकी आँखों में आँखें डाल कर उसे देखते हुए उसकी ओर बढ़ायीं। पर इस पर वह बुरी तरह बिगड़ा, उसने गालियाँ दीं और उसकी सब-मशीनगन फिर तन गयी। दूसरे लोग हँसते-हँसते लोट-पोट होते रहे और फिर वहाँ से हट गये। महज़ उसी काले बालों वाले ने

सड़क तक पहुँचने के पहले मुड़ कर मुझे तीन बार देखा। उसकी आँखों में भेड़िये के बच्चे की आँखों जैसी आग धधक रही थी। ऐसा लगता था मानो उसने नहीं, बल्कि मैंने उसके जूते उतरवा लिये हों!

"तो दोस्त, हो हीं क्या सकता था! मैं सड़क पर आया, वोरोनेज की जो बुरी-से-बुरी और भयानक गाली याद आयी, वह बक दी और पश्चिम की ओर क़दम बढ़ाये। अब मैं एक क़ैदी था!...

"पर मुझमें चलने की ताक़त नहीं रह गयी थी। इसलिए एक घण्टे में सिर्फ एक किलोमीटर चल पाता था—इससे ज़्यादा नहीं। चलता भी यों था कि जैसे शराब के नशे में होऊँ, यानी मैं सीधे बढ़ने की कोशिश करता, पर कोई चीज़ मुझे सड़क के एक सिरे से दूसरे सिरे की ओर धकेल देती। इस तरह मैंने थोड़ी दूरी पार की कि मेरे अपने ही डिवीजन की टुकड़ी के लोग बन्दी बने हुए मेरे बराबर आ पहुँचे। वे कोई दस जर्मन सब-मशीनगनरों की हिरासत में थे। सब से आगे-आगे चलने वाला जर्मन मेरे पास आया, उसने न कुछ कहा, न सुना और मेरे सिर पर सब-मशीनगन की ठोकर दी। ऐसे में अगर मैं गिर पड़ता तो वह जर्मन तड़ाक से गोली चलाता और मुझे ज़मीन से पाट देता। पर मेरे साथी फ़ौजियों ने मुझे गिरते-गिरते थाम लिया और टुकड़ी के बीच में कर लिया। कुछ दूर तक वे मुझे सहारा

दिये रहे। यही नहीं, मैं जब ज़रा सँभला तो एक साथी ने कान में फुसफुसाते हुए कहा, 'ईश्वर के लिए गिरना मत! जब तक ज़रा-सी भी शक्ति बाक़ी रहे, चलते जाओ, वरना ये लोग तुम्हें मार डालेंगे।' मेरे बदन में बेशक बहुत ही थोड़ी शक्ति बच रही थी, फिर भी मैं जैसे-तैसे चलता रहा।

"फिर ज्यों ही सूरज डूबा, जर्मनों ने गार्ड बढ़ा दिये। अब एक ट्रक में 20 सब-मशीनगनर और आये और हमें अधिक तेज़ रफ़्तार से हाँक चले। हम में से जो लोग बुरी तरह घायल थे वे बाकी लोगों के क़दमों-से-क़दम मिला कर न चल सके, और उन्हें जर्मनों ने रास्ते में ही गोली से उड़ा दिया। दो आदमियों ने भाग निकलने की कोशिश की, पर यह भूल गये कि चाँदनी रात में आदमी एक मील की दूरी तक मैदान में नज़र आता है। मतलब यह कि गोलियों से भून दिये गये। आधी रात होते-होते हम एक अधजले गाँव में पहुँचे। दुश्मन हमें चकनाचूर गुम्बद वाले एक गिरजे के अन्दर ले गये। रात हम सबने, बिना फूस के एक तिनके के, पत्थर के फ़र्श पर बितायी। किसी के पास ओवरकोट नहीं था। सब ट्यूनिक पहने हुए थे, इसलिए नीचे बिछाने के लिए कुछ नहीं था। हममें से कुछ के बदन पर तो ट्यूनिक भी न थे, सिर्फ़ नीचे पहनने की कमीज़ें थीं। ये लोग ज्यादातर नॉन-कमीशण्ड अफ़सर थे। उन्होंने

अपने ट्यूनिक इसलिए उतार दिये थे कि वे भी साधारण फ़ौजियों जैसे नज़र आयें। तोपचियों के बदन पर भी ट्यूनिक न थे। वे अधनंगे ही तोपों पर अपना काम कर रहे थे कि उन्हें क़ैदी बना लिया गया था।

"उस रात मूसलाधार पानी बरसा और हम सब के सब तर-ब-तर हो गये। गिरजे का गुम्बद तोप के भारी गोले या बम से उड़ गया था। छत भी बिलकुल टूटी-फूटी पड़ी थी, यहाँ तक कि वेदी के ऊपर भी चप्पा भर सूखी जगह नहीं थी। इस तरह हमने ठीक उसी तरह इस गिरजे में पूरी रात बितायी जैसे भेड़ें एक अँधेरे बाड़े में। कोई आधी रात के समय किसी ने मेरे बाज़ू पर हाथ रखा और पूछा, 'तुम घायल हो क्या, साथी ?' मैंने कहा, 'क्यों भाई, तुम यह क्यों पूछ रहे हो ?' जवाब मिला, 'मैं डॉक्टर हूँ— तुम्हारी किसी तरह की मदद कर सकता हूँ ?' मैंने उसे बताया कि मेरा बायाँ कन्धा आवाज़ करता है, सूजा हुआ है और बहुत दर्द करता है। व्यक्ति ने दृढ़तापूर्वक कहा, 'ट्यूनिक और अन्दर की कमीज़ उतार डालो।' मैंने ये उतार डाले और वह अपनी पतली-पतली उँगलियों से मेरे कन्धे को इधर-उधर से टटोलने और दर्द पहुँचाने लगा। मैंने दाँत पीसे और बोला, 'तुम जानवरों के डॉक्टर होगे, साधारण डॉक्टर तो तुम हो नहीं सकते। जहाँ दर्द होता है, वहीं क्यों दबाते हो, संगदिल शैतान ?' पर वह उसी तरह

इधर-उधर टटोलता रहा और फिर बिगड़ते हुए इस तरह बोला, 'तुम्हारा काम है कि तुम अपना मुँह सिये रहो, समझे! बड़े बक्की हो तुम तो! हिम्मत से काम लेना, अभी और ज़ोर से दर्द होगा।' और इसके बाद उसने मेरा हाथ इस तरह ऐंठा कि मेरी आँखों से लाल-लाल चिनगारियाँ-सी फूट पड़ीं।

"मैं होश में आया तो मैंने उससे पूछा, 'कम्बख़्त फ़ासिस्ट, तुम यह करते क्या हो? मेरे बाज़ू का जोड़-जोड़ टूटा हुआ है और तुम उसे इस तरह ऐंठते हो?' वह धीरे से हँसा और फिर बोला, 'मैं तो समझता था कि तुम मुझ पर दाहिना हाथ जमा दोगे, पर लगता है कि तुम ख़ासे ठण्डे स्वभाव के आदमी हो। बात यह है कि तुम्हारा हाथ टूटा नहीं था, जोड़ से खिसक गया था और मैंने उसे उसकी जगह पर जमा दिया है। हाँ, तो अब कुछ पहले से बेहतर है न?' और सचमुच ही मुझे कम दर्द होने लगा। मैंने डॉक्टर को दिल से धन्यवाद दिया। वह अँधेरे में धीरे-से यह पूछते हुए आगे बढ़ा, 'कोई घायल है?' वह था असली डॉक्टर! क़ैदी होने पर भी घुप्प अँधेरे में वह अपना महान कर्त्तव्य पूरा करता रहा।

"रात बड़ी बेचैनी वाली थी। सीनियर-गार्ड ने हमें जोड़ों में गिरजे के अन्दर हाँकते हुए पहले से ही आगाह कर दिया था कि पेशाब-पाख़ाने के लिए भी बाहर नहीं जाने

दिया जायेगा। और किस्मत का फेर कि हममें से एक ईसाई को पाख़ाना लगा। कुछ देर तक तो वह टालता गया, पर अन्त में रो पड़ा, 'मैं पवित्र स्थान को तो अपवित्र नहीं कर सकता। मैं आस्तिक हूँ, मैं ईसाई हूँ! यारो, मुझे बताओ मैं क्या करूँ?' और तुम जानते ही हो अपने लोगों को? हममें से कुछ इस बात पर हँसे, कुछ ने भला-बुरा कहा और कुछ उसे उल्टी-सीधी मज़ाकिया सलाहें देने लगे। उसने हम सब का ख़ासा मन बहलाया, मगर आख़िर में नतीजा बहुत बुरा हुआ: वह ज़ोर से दरवाज़ा खटखटाने और प्रार्थना करने लगा कि उसे बाहर निकलने दिया जाये। उसकी प्रार्थना 'स्वीकार' की गयी। एक फ़ासिस्ट ने दरवाज़े के बीच से गोलियाँ बरसानी शुरू कर दीं, उसने उस ईसाई के साथ अन्य तीन लोगों को भी गोलियों से भून डाला। इनके अलावा एक आदमी इतनी बुरी तरह घायल हुआ कि सुबह होते-होते दम तोड़ गया।

"हमने मुर्दों को खींच कर एक तरफ़ किया, फिर चुपचाप बैठ कर मन-ही-मन सोचने लगे कि श्रीगणेश तो कुछ अच्छा नहीं हुआ...इसी समय फुसफुसाहट शुरू हुई और लोग एक-दूसरे से पूछने लगे कि कौन कहाँ का है और कौन किस तरह दुश्मन के हाथों में पड़ा; इसके बाद एक ही प्लाटून या एक ही कम्पनी के लोग अँधेरे में ही एक-दूसरे को सम्बोधित करने लगे। अपनी बग़ल में ही

मैंने धीरे-धीरे यह बातचीत होती सुनी। एक बोला, 'अगर कल यहाँ से आगे ले चलने के पहले वे हमें क़तार में खड़े करके पूछेंगे कि हम में से कौन कमिसार है, कौन कम्युनिस्ट है और कौन यहूदी, तो तुम अपने को छिपाने की कोशिश न करना, प्लाटून-कमाण्डर! इस तरह जान नहीं बचेगी। तुम्हारा ख़याल है कि तुमने अपना ट्यूनिक उतार दिया है, इसलिए तुम मामूली फ़ौजी समझ लिये जाओगे? इससे कोढ़ नहीं धुलेगा। फिर मैं तुम्हारे कारण अपने को मुसीबत में नहीं डालूँगा। सबसे पहले तुम्हारी तरफ़ इशारा करूँगा। मैं जानता हूँ कि तुम कम्युनिस्ट हो। तुमने मुझे पार्टी में लाने के लिए डोरे डालने की भी कोशिश की थी। आज यहाँ तुम उसका जवाब दोगे...' ये बातें जिस व्यक्ति ने कहीं, वह बिलकुल मेरे पास ही, बायीं ओर बैठा हुआ था। उसकी बग़ल में बैठे हुए दूसरे व्यक्ति ने अपने युवा स्वर में उत्तर दिया, 'क्रीज़्नेव, तुम्हारे मामले में हमेशा मेरे मन में यह शंका बनी रही थी कि तुम अच्छे आदमी नहीं हो। यह बात ख़ास तौर पर तब मुझे महसूस हुई थी जब तुमने पार्टी का सदस्य बनने से इनकार किया था और बहाना बनाया था कि तुम अनपढ़ हो। लेकिन तुम ग़द्दार साबित होगे, यह मैंने कभी नहीं सोचा था। तुमने सात साला स्कूल की पढ़ाई तो ख़त्म की है न?' दूसरे आदमी ने अलसाये-से स्वर में जवाब दिया, 'हाँ, ख़त्म की है। तो

इससे क्या?' इसके बाद कुछ देर तक वे दोनों चुप रहे। तब मैंने दूसरी आवाज़ पहचानी और प्लाटून-कमाण्डर को धीरे-से यह कहते सुना, 'देखो, मुझे दुश्मनों को मत सौंपना, साथी क्रीज़्नेव।' क्रीज़्नेव हल्के-से हँस दिया, 'तुम्हारे साथी मोर्चे के उस पार रह गये हैं, मैं तुम्हारा कोई साथी-वाथी नहीं, इसलिए मेरी मिन्नत-समाजत करने से कोई लाभ नहीं होगा। मैं तो तुम्हारी तरफ़ इशारा करूँगा ही। अपनी जान तो आदमी को सबसे ज़्यादा प्यारी होती ही है।'

"उनकी बातचीत बन्द हो गयी, पर इस कमीनी हरकत की बात सोचते ही मुझे अपने शरीर में फुरफुरी-सी अनुभव हुई। मैंने मन-ही-मन सोचा, 'नहीं, कुतिया के पिल्ले, मैं तुझे तेरे इस कमाण्डर के साथ ग़द्दारी नहीं करने दूँगा। अपने पैरों के बल तो तू इस गिरजे से बाहर जाने से रहा, तुझे पाँवों से घसीट कर ही बाहर फेंकेंगे।' जब कुछ-कुछ उजाला हुआ तो मैंने वहीं एक बड़े थुलथुल चेहरे वाले आदमी को, सिर के पीछे हाथ बाँधे, चित लेटे देखा। उसकी बग़ल में एक छोकरा-सा बैठा था—उठी हुई छोटी-सी नाक, हाथ घुटनों के गिर्द, दुबला-पतला, पीला चेहरा और बदन पर महज़ एक कमीज़। मैंने सोचा, 'यह छोकरा इस साँड को क्या साधेगा? मुझे ही उसका काम-तमाम करना होगा।'

"मैंने छोकरे के बाज़ू पर हाथ रखा और फुसफुसाते हुए पूछा, 'तुम प्लाटून-कमाण्डर हो?' लड़के ने मुँह से कुछ न कह कर सिर्फ़ सिर हिला दिया। मैंने चित लेटे आदमी की ओर इशारा किया और कहा, 'यही है न, जो तुम्हें दुश्मन के हवाले कर देना चाहता है?' उसने फिर सिर हिला कर हामी भरी। मैंने कहा, 'तो अच्छा, उसके पैर कस कर पकड़ लो ताकि वह लात न चला सके। और देखो, जल्दी करो।' अब मैं कूद कर उस आदमी के ऊपर जा डटा, और मैंने अपनी उँगलियों में उसकी गरदन जकड़ ली। उसे चीख़ने तक का मौक़ा नहीं मिला। कुछ देर तक मैंने अपनी पकड़ ज्यों-की-त्यों रखी और फिर हाथ ढीले कर दिये। उसकी जीभ बाहर लटक आयी। कर ले बेटा अब ग़द्दारी!

"उसके मरने के बाद मेरा जी बड़ा ही ख़राब हुआ। हाथ धोने की बड़ी इच्छा अनुभव की जैसे कि मैंने आदमी का ख़ात्मा न कर किसी रेंगते हुए साँप को कुचल डाला हो...ज़िन्दगी में पहली बार मैंने किसी की जान ली थी—सो भी अपने ही एक आदमी की...पर वह क्या ख़ाक अपना था। वह तो दुश्मन से भी गया-बीता था, ग़द्दार था। आख़िर मैं उठा और मैंने प्लाटून-कमाण्डर से कहा, 'साथी, यहाँ से कहीं और चलना चाहिए, गिरजा बहुत बड़ा है!'

"जैसा कि क्रीज़्नेव ने कहा था, सुबह होते ही हम

सबको गिरजे के बाहर क़तार में खड़ा कर दिया गया। सब-मशीनगनरों ने हमें चारों ओर से घेर लिया, और तीन जर्मन अफ़सर ऐसे लोगों को चुन-चुन कर अलग करने लगे जिन्हें वे ख़तरनाक समझते थे। उन्होंने पूछा, 'कौन कम्युनिस्ट, कौन अफ़सर और कौन कमिसार है?' पर ऐसा कोई उनके हाथ नहीं लगा। फिर यह कि हम में उन्हें कोई ऐसा ग़द्दार भी नहीं मिला, जो ग़द्दारी करता, यद्यपि हममें से लगभग आधे लोग कम्युनिस्ट थे, कितने ही अफ़सर और कितने ही कमिसार थे। इस तरह बीस से अधिक लोगों में से उन्होंने सिर्फ़ चार आदमी छाँटे—आम फ़ौजियों के बीच से एक यहूदी और तीन रूसी। इन रूसियों की इसलिए मुसीबत आयी कि उनके बाल काले और घुँघराले थे। सो, जर्मन अफ़सर उनके पास आये और बोले, 'यहूदी?' उन्होंने तीनों में से जिससे पूछा, उसी ने अपने को रूसी बतलाया, पर उन्होंने कान ही नहीं दिया। 'क़तार से बाहर आ जाओ।'—और बात ख़त्म।

"तो उन्होंने इन बदक़िस्मतों को गोली से उड़ा दिया और हमें आगे हाँक ले चले। जिस प्लाटून-कमाण्डर ने ग़द्दार का गला घोंटने में मेरी मदद की थी, वह पोज़नान तक मेरे दाहिने चलता रहा। मार्च के पहले दिन तो वह रह-रह कर मेरे पास सट आता और चलते-चलते मेरा हाथ दबा देता। हम पोज़नान में हम एक-दूसरे से अलग हो गये। घटना कुछ इस तरह घटी।

"बात यह है, भाई, कि जिस दिन मैं दुश्मनों के हाथ पड़ा था, उसी दिन से भाग निकलने की बात मेरे दिमाग़ में नाचने लगी थी। पर मामला पक्का होने पर ही कोशिश करना चाहता था। पोज़नान पहुँचने तक के रास्ते में जहाँ उन्होंने हमें क़ायदे के कैम्प में रखा, कोई ढंग का मौक़ा मेरे हाथ नहीं आया। पर यहाँ ऐसे लगा जैसे कि जो मुझे चाहिए, वह मुझे मिल गया। मई के महीने के आख़िर तक हमारे कितने ही साथी पेचिश से मर गये—हमें उन्हें दफ़नाने के लिए क़ब्र खोदने को कैम्प के पास के एक छोटे-से जंगल में भेजा गया। यहाँ पोज़नान की ज़मीन खोदते समय मैंने जो इधर-उधर नज़र दौड़ायी तो देखा कि हमारे गार्डों में से दो तो बैठे कुछ खा रहे हैं, और एक धूप में बैठा ऊँघ रहा है। बस, तो मैंने अपना फावड़ा रखा और चुपके-से एक झाड़ी के पीछे जा छिपा...और फिर मैं अपनी पूरी ताक़त भर सीधे उस दिशा में भाग चला जिधर से सूरज निकला था...

"स्पष्टतः गार्डों को काफ़ी देर बाद ही मेरा ध्यान आया। मैं सूख कर ऐसा हो चुका था कि हड्डी-हड्डी गिन लीजिए। नहीं जानता कि मुझमें इतनी ताक़त कहाँ से आ गयी कि मैंने एक दिन में लगभग चालीस किलोमीटर की दूरी तय कर डाली। पर बात कुछ बनी नहीं: चौथे दिन जब मैं उस मनहूस कैम्प से काफ़ी दूर निकल गया था,

दुश्मनों ने मुझे पकड़ लिया। उन्होंने ख़ून के प्यासे शिकारी कुत्ते मेरी खोज में मेरे पीछे लगा दिये थे। जई के एक अनकटे खेत में उन्होंने मुझे आ खोजा।

"सुबह-तड़के मैं एक खुले खेत में आ निकला तो दिन के उजाले में उसे पार करने की बात सोच कर मेरा मन काँप उठा। जंगल और इस खेत के बीच कम-से-कम तीन किलोमीटर का फ़ासला था, इसलिए मैं जई के बीच ज़्यादा-से-ज़्यादा दुबक कर इसलिए लेटा रहा कि दिन कट जाये तो यहाँ से निकलूँ। यहाँ मैंने जई की बालों को मसला, कुछ दाने निकाल कर खाये और कुछ जेब में डाले कि कुत्तों के भूँकने और मोटरसाइकिल की घड़घड़ाहट की आवाज मेरे कानों में पड़ी...मेरा दिल बैठ गया, क्योंकि कुत्ते लगातार नज़दीक आते जा रहे थे। मैं पट लेट गया और मैंने अपना चेहरा हाथों से ढँक लिया ताकि वे मेरा मुँह न नोच डालें। ख़ैर, तो वे मेरे पास आ पहुँचे और पल भर में उन्होने मेरे कपड़े-लत्ते तार-तार कर डाले। मेरे बदन पर कुछ न रह गया और इस तरह मैं बिलकुल नंगा हो गया। अब कुत्तों ने मुझे जई के बीच इधर-उधर घसीटा और जो मन भाया, सो किया। आख़िर में एक बड़े कुत्ते ने मेरे सीने पर अपने अगले पंजे जमाये और मेरे गले की ओर खरोंच-खरोंच शुरू की। लेकिन उसने फ़ौरन दाँत नहीं गड़ाये।

"दो मोटरसाइकिलों पर जर्मन आये। उन्होंने पहले तो कस कर मेरी मरम्मत की और फिर मुझ पर कुत्ते लुहा दिये कि बदन में जहाँ-तहाँ मांस निकल आया। मैं बिलकुल नंगा और ख़ून से तर-ब-तर था। उसी हालत में वे मुझे कैम्प में वापस ले गये। इस तरह भागने के लिए मुझे एक महीने तक एकान्त में क़ैद रखा गया, पर ज़िन्दा मैं तब भी रहा...जैसे-तैसे ज़िन्दा रहा ही।

"भाई मेरे, क़ैदी की शक्ल में मुझ पर क्या-क्या गुज़री, उसे याद करके ही दिल भारी हो जाता है, और उस सब का बयान करना तो ख़ैर, और भी मुश्किल है। जब याद आता है कि वहाँ जर्मनी में हमारे साथ कैसा जानवरों का-सा व्यवहार किया गया, जब वे अपने ही संगी-साथी याद आते हैं जिन्हें कैम्पों में तरह-तरह से सता-सता कर मार डाला गया तो कलेजा मुँह को आ जाता है, नीचे की साँस नीचे और ऊपर की ऊपर रह जाती है।

"उफ़, क़ैद के दो सालों के दौरान मुझे कहाँ-कहाँ की ख़ाक नहीं छाननी पड़ी। आधा जर्मनी तो छान ही डाला होगा मैंने। सैक्सनी में मैंने सिलीकेट पत्थरों के एक कारख़ाने में काम किया। रूह्र प्रदेश में एक खान से कोयला निकाला। बवारिया में कमर झुकाये गये फावड़े चला-चला कर पसीने-पसीने हो कर गला। कुछ समय

तक थूरीगेन में भी खटा। शैतान ही जानता है कि जर्मनी में कहाँ-कहाँ मारे-मारे नहीं फिरना पड़ा। जगह-जगह कुदरत के अलग-अलग नज़ारे देखने को मिले, पर जिस ढंग से उन्होंने हमें गोली से उड़ाया और मार-मार कर अधमरा किया, वह हर जगह एक जैसा ही रहा। नरक के इन अजदहों और आदमख़ोरों ने जिस तरह पीट-पीट कर हमारी खाल में भुस भरा, उस तरह तो हमारे यहाँ जानवरों को भी नहीं पीटा जाता। वे हम पर घूँसे बरसाते, ठोकरें जमाते, रबड़ के डण्डों से झोरते, जो भी लोहा हाथ में आता, उसे ही उठा कर दे मारते। राइफ़लों के कुन्दों और लकड़ी की अन्य चीज़ों की तो ख़ैर चर्चा ही क्या की जाये।

"वे हमें इसलिए पीटते थे कि हम रूसी थे, कि हम अब तक दुनिया में ज़िन्दा थे और कि हम उनके लिए खटते थे। वे इसलिए भी हमारी चमड़ी उधेड़ते थे कि उन्हें हमारा देखने का ढंग पसन्द नहीं आया था, कि उन्हें हमारी चाल अच्छी नहीं लगी थी, कि उनके मनपसन्द ढंग से हम मुड़ नहीं पाये थे...वे मारते ताकि हमारी जान निकाल लें, वे मारते कि हमारा ही ख़ून हमारे गले में अटक जाये और हम मार खाते-खाते ही इस दुनिया से चल बसें। मैं समझता हूँ कि जर्मनी में उस समय हमें जलाने के लिए शायद काफ़ी भट्ठें नहीं थे...

"फिर यह कि हम जहाँ भी जाते, खाना हमें एक-सा ही दिया जाता, यानी लकड़ी का बुरादा मिली घटिया रोटी और शलजम का पतला शोरबा। कहीं-कहीं वह भी नहीं। इन बातों की चर्चा भी क्या की जाये? तुम ख़ुद ही निर्णय कर सकते हो। अब ख़ुद ही सोच लो कि लड़ाई शुरू होने के पहले मेरा वज़न छियासी किलोग्राम था और शरद के आते-आते मैं पचास किलोग्राम से अधिक न रह गया था, सिर्फ हड्डियाँ रह गयी थीं और हड्डियों के ऊपर की खाल। ताक़त इतनी भी नहीं कि इन हड्डियों का ही बोझ ढोया जा सके। लेकिन इस पर भी काम तो करना ही पड़ता था, और सो भी बिना मुँह खोले। फिर यह कि काम भी ऐसा जो गाड़ी खींचने वाले घोड़े को भी भारी पड़ता।

"सितम्बर के शुरू में हम 142 सोवियत कैदियों को जर्मनों ने कुस्तरीन के पास के कैम्प में ड्रेस्डेन के निकटवर्ती बी-14 कैम्प में भेज दिया। उस समय उस कैम्प में हमारे कोई दो हज़ार क़ैदी थे। तो हम सब पत्थर निकालने की खान में काम करते और जर्मन पत्थर अपने हाथों से काटते और तोड़ते थे। हमारे लिए मात्रा तय होती और हम में से हर एक को चार घन मीटर पत्थर हर दिन काटना पड़ता। ज़रा सोचो तो कि यह साधना करनी पड़ती थी उन आदमियों को, जो किसी तरह अपने तन का बोझ ढो रहे थे। नतीजा यह कि दो महीने के बाद हमारे दल के 142 लोगों में से

महज 57 रह गये। क्यों, क्या ख़याल है तुम्हारा, भाई? ऐसा बुरा वक़्त गुज़रा कि कुछ न पूछो! हम अपने साथियों को दफ़ना भी न पाये थे कि यह अफ़वाह कानों में पड़ी कि जर्मनों ने वोल्गोग्राद ले लिया है और वे साइबेरिया की ओर आगे ही आगे बढ़ते जा रहे है। एक के बाद एक चोट दिल पर पड़ती। ये चोटें हमें इस तरह दबाये रखतीं कि हम ज़मीन से ऊपर नज़र न उठा पाते, जैसे कि हम कह रहे हों कि हमें जर्मनी की इस अजनबी धरती में ही दबा दीजिए! और ऐसे में हर दिन कैम्प के गार्ड पीते, गला फाड़-फाड़ कर गाते और मनमानी रँग-रेलियाँ मनाते।

"एक दिन शाम को हम काम से अपनी बैरक में लौटे। सारा दिन पानी बरसता रहा था और हमारे तन के चिथड़े बिलकुल तर-ब-तर हो गये थे। हम ठण्डी हवा के कारण काँपते थे और हमारे दाँत किटकिटाते थे। चिथड़े सुखाने या तन गर्माने की कहीं कोई जगह नहीं थी, फिर भूख भी ऐसी लगी थी कि दम निकला जा रहा था। लेकिन शाम को हमें खाने को कुछ भी नहीं दिया जाता था।

"खैर, तो मैंने गीले चिथड़े उतारे, अपने सोने के पटरे पर फेंके और कहा, 'ये लोग माँग करते है कि हम चार घन मीटर हर दिन निबटायें, लेकिन हम में से हर एक की क़ब्र के लिए तो एक घन मीटर ही बहुत काफ़ी होगा...' सिर्फ़ इतना ही कहा मैंने, लेकिन तुम यकीन करोगे कि हमारे

अपने साथियों में से ही एक आदमी ऐसा कुत्ता निकला जिसने जा कर कैम्प-कमाण्डर से चुग़ली कर दी और मेरे कड़वे शब्द दोहरा दिये।

"कैम्प-कमाण्डर या वहाँ के लोगों के अपने लफ़्ज़ों में लागेर-फ़ूरेर एक जर्मन था और उसका नाम मुल्लर था—क़द बहुत लम्बा नहीं, हट्टा-कट्टा, बाल सन के गुच्छे जैसे और ख़ुद भी भूरा-भूरा-सा। उसके सिर के बाल भूरे थे, बरौनियों के बाल भी भूरे थे और आँखें भी भूरी-भूरी थीं, फूली-फूली-सीं। रूसी वह तुम्हारी और मेरी तरह बोलता था। उच्चारण कुछ-कुछ वोल्गा-प्रदेश के लोगों जैसा था, जैसा कि उन्हीं इलाकों में पैदा और बड़ा हुआ हो। रही गालियाँ देने की बात, ओह, सो कुछ न पूछो! जाने उस कम्बख़्त ने इस धन्धे में ऐसा कमाल कैसे हासिल किया था?

"जर्मनों के शब्दों में ब्लॉक यानी बैरक के सामने हमें क़तार में खड़ा होने का हुक़्म देता और अपने दुमछल्लों से घिरा दाहिना हाथ ताने हुए एक सिरे से दूसरे सिरे तक बढ़ता चला जाता। वह चमड़े के दस्ताने पहनता और चमड़े के नीचे उँगलियों के बचाव के लिए सीसे की एक पट्टी होती। वह हर दूसरे आदमी की नाक से ख़ून की धार बहाता जाता। इसे वह 'इन्फ्लुएंज़ा-विरोधी टीका' कहता और यह सिलसिला हर दिन चलता। कैम्प में कुल चार

ब्लॉक थे। एक दिन वह ये टीके एक ब्लॉक के लोगों को लगाता तो दूसरे दिन दूसरे ब्लॉक के लोगों को, और इसी तरह यह क्रम चलता जाता। वह पक्का हरामी था। एक दिन का भी नाग़ा न करता। लेकिन एक बात थी जो वह बेवक़ूफ़ समझ नहीं पाता था। होता यह कि अपनी गश्त शुरू करने के पहले वह सामने आ कर खड़ा हो जाता और अपने को तैयार करने के लिए गालियाँ देना शुरू करता। तुम जानते हो, गालियाँ देता तो हीक भर गालियाँ देता, और हम थोड़े हरिया उठते। देखो न भाई, लफ़्ज अपने लगते और ऐसा अनुभव होता कि हवा का कोई झोंका हमारे मुल्क-देश से आ गया है...मैं सोचता हूँ कि अगर वह यह बात जानता कि उसकी गालियों और कोसा-कासी से हमें सुख मिलता है तो वह हरगिज़ रूसी में गालियाँ न दे कर अपनी मातृभाषा का प्रयोग करता। और हमारा एक साथी, मॉस्कोवासी मेरा एक यार तो बहुत बौखला उठता। कहता, 'जब हम इस तरह गालियाँ देता है तो मैं तो आँखें मूँद लेता हूँ और ऐसा लगता है जैसे कि मॉस्को में हूँ और किसी बियरख़ाने में बैठा हूँ। कुछ ऐसा वहाँ का-सा रंग होता है कि एक गिलास बियर के लिए मन तड़प-तड़प उठता है।'

''तो, घन मीटरों वाली बात के दूसरे दिन कैम्प-कमाण्डर ने मुझे बुलवा भेजा। शाम को एक दुभाषिया

और दो गार्ड हमारी बैरक में आये और आवाज़ दी, 'सोकोलोव अन्द्रेई ?' मैंने जवाब में 'हाँ' की। वे बोले, 'चलो, आओ हमारे पीछे-पीछे। जल्दी करो, श्रीमान लागेरफ़ूरेर ने ख़ुद तुम्हें बुलाया है।' मैं आगे का सारा कुछ फ़ौरन ही समझ गया कि सीधे-सीधे गोली मार दी जायेगी।

"मेरे साथी भी यह बात जानते थे। मैंने उनसे अलविदा ली। एक लम्बी साँस खींची और गार्डों के पीछे-पीछे चल दिया। कैम्प के मैदान को पार करते हुए मैंने आँख उठा कर सितारों को देखा, उनसे विदा ली और मन-ही-मन सोचा, 'ख़ैर, तुमने ज़ुल्म-मुसीबत का अपना उधार पाट दिया, अन्द्रेई सोकोलोव, नम्बर 331' इस समय इरीना और बच्चों के लिए मेरा मन कलपा, पर मैने अपने को साधा और बिना डगमगाये, एक फ़ौजी की तरह पिस्तौल की नली का सामना करने के लिए साहस बटोरने लगा ताकि दुश्मन यह न ताड़ने पाये कि इस ज़िन्दगी से अलग होते समय आख़िरी वक़्त मुझे कितनी तकलीफ़ हुई...

"कमाण्डर के कमरे में खिड़की के दासे पर फूल रखे थे और कमरा हमारे क्लबों के किसी भी कमरे की तरह साफ़-सुथरा था। मेज़ के पास कैम्प के पाँचों अफ़सर बैठे थे। वे श्नैप्स शराब ढाल रहे थे और सूअर की चर्बी चबा रहे थे। मेज़ पर श्नैप्स शराब की खुली हुई एक बड़ी बोतल, रोटी, चर्बी, सिरके में खटाईदार सेब और तरह-

तरह के डिब्बे खुले रखे थे। मैंने सभी चीज़ों पर एक उड़ती नज़र डाली और तुम यक़ीन न करोगे कि मेरा जी ऐसा ख़राब हुआ कि क़ै होने-होने को हो गयी। बात यह है कि मैं भेड़िये की तरह भूखा था और अब तक इन्सानी ख़ूराक का ज़ायक़ा तक भूल चुका था और यहाँ मेरी आँखों के सामने तरह-तरह की चीज़ों के मज़े उड़ाये जा रहे थे...

"जैसे-तैसे मैंने अपनी मतली पर क़ाबू पाया, मगर उस मेज़ से अपनी निगाह हटा पाने के लिए मुझे काफ़ी कोशिश करनी पड़ी।

"मेरे ठीक सामने बैठा था मुल्लर। शराब के नशे में आधा चूर। कभी एक और कभी दूसरे हाथ में पिस्तौल से खिलवाड़ करता हुआ। तो उसने अपनी निगाह मुझ पर गड़ा दी—बिलकुल साँप की तरह। ख़ैर, मैंने टूटी हुई एड़ियाँ आवाज़ करते हुए मिलायी, अटेंशन खड़ा हुआ और ऊँची आवाज़ में कहा, 'फ़ौजी क़ैदी अन्द्रेई सोकोलोव आपकी सेवा में हाज़िर है, श्रीमान कमाण्डर।' वह बोला, 'तो रूसी इवान, चार घन मीटर पत्थर की निकासी तुम्हारे लिए बहुत ज़्यादा है, क्यों ?' मैंने जवाब दिया, 'जी हाँ, श्रीमान कमाण्डर, बहुत ज़्यादा है।' इस पर वह बोला, 'और एक घन मीटर तुम्हारी क़ब्र के लिए काफ़ी है ?' मैंने कहा, 'जी हाँ, श्रीमान कमाण्डर, बहुत काफ़ी है, कुछ बच भी रहेगा।'

''वह उठा और बोला, 'मैं तुम्हें बड़ी इज़्ज़त बख़्शूँगा और इन शब्दों के लिए ख़ुद गोली मारूँगा। लेकिन यहाँ ठीक नहीं, इसलिए वहाँ अहाते में चले चलो। वहाँ बाहर आराम रहेगा मरने में।' मैंने जवाब दिया, 'जैसा आप कहें।' अब वह एक मिनट तक खड़ा कुछ सोचता रहा, फिर उसने पिस्तौल मेज़ पर रखी, श्नैप्स शराब से गिलास भरा, रोटी का एक टुकड़ा लिया, उस पर चर्बी का एक छोटा-सा टुकड़ा रखा, सब कुछ मेरी ओर बढ़ाया और बोला, 'रूसी इवान, मरने से पहले, जर्मनों की विजय का जाम पी लो।'

''मैं शराब का गिलास और रोटी उसके हाथ से लेने ही वाला था, लेकिन जब मैंने उसके लफ़्ज़ सुने तो मुझे अपने अन्दर आग-सी जलती अनुभव हुई। मैंने सोचा, 'मैं एक रूसी फ़ौजी, जर्मनों की जीत का जाम पीऊँ? क्या और कुछ तुम मुझसे नहीं चाहोगे, श्रीमान कमाण्डर? मरना तो है ही मुझे, भाड़ में जाओ तुम और तुम्हारी यह श्नैप्स!'

''मैंने गिलास मेज़ पर रख दिया और उसके साथ ही रोटी भी। बोला, 'मेहमाननवाज़ी के लिए धन्यवाद, लेकिन मैं पीता नहीं।' वह मुस्कराया, 'तो तुम हमारी जीत का जाम नहीं पीना चाहते? ख़ैर, तो अपनी मौत का जाम पिओ।' इसमें मेरा भला क्या जाता था? 'अपनी मौत और इस यातना से निजात के लिए,' मैंने कहा, गिलास उठाया

और दो घूँटों में सारी शराब गले के नीचे उतार गया। पर रोटी मैंने छुई तक नहीं। मैंने हल्के–से अपने होंट पोंछे और कहा, 'इस ख़ातिर के लिए धन्यवाद। मैं तैयार हूँ। अब आप मुझे गोली से उड़ा सकते हैं, श्रीमान कमाण्डर।'

"मगर वह मुझे पैनी नज़र से देखते हुए बोला, 'मरने से पहले दो कौर मुँह में डाल लो।' मैंने कहा, 'पहले गिलास के बाद मैं कुछ नहीं खाता।' इस पर उसने दूसरा गिलास भरा और मेरी ओर बढ़ाया। मैंने वह भी पी डाला, पर रोटी फिर भी नहीं छुई। मैंने हिम्मत को अपना हथियार बनाया और सोचा, 'चलो, मरने के लिए बाहर अहाते में जाने से पहले नशे में हो लूँ।' कमाण्डर की भूरी भवें ऊपर उठीं, 'लेकिन तुम खाते क्यों नहीं, रूसी इवान ? शरमाओ नहीं।' मैं अपनी बात पर अड़ा रहा, 'माफ़ कीजिए, श्रीमान कमाण्डर, मैं दूसरे गिलास के बाद भी कुछ नहीं खाता।' उसने अपने गाल फुलाये, नाक बजायी और फिर ज़ोर का ठहाका लगाया। साथ ही उसने जर्मन भाषा में जल्दी-जल्दी कुछ कहा शायद मेरी बात का अपने साथियों के लिए अनुवाद किया। दूसरे भी हँसे, अपनी कुर्सियाँ पीछे खिसकायीं और मुझे देखने के लिए अपने थोबड़े मेरी ओर किये। अब मैंने उनकी आँखों में कुछ और ही यानी नर्मी का-सा भाव लहरें लेते देखा।

"कमाण्डर ने मेरे लिए तीसरा गिलास भरा। इस बीच हँसी के मारे उसका हाथ कँपकँपाता रहा। यह गिलास मैंने ज़रा धीरे-धीरे ख़ाली किया, ज़रा सी रोटी काटी और बाक़ी मेज़ पर रख दी। मैं इन शैतानों को यह दिखला देना चाहता था कि बेशक भूख से मेरा दम निकला जा रहा था, फिर भी उन्होंने जो टुकड़े मेरे सामने फेंक दिये थे, मैं उन्हें अपने मुँह में ठूँसने नहीं जा रहा था। मैंने उन्हें यह जतला देना चाहता था कि मेरा अपना रूसी स्वाभिमान और रूसी मर्यादा है और लाख चाहने पर भी वे अभी मुझे आदमी से जानवर नहीं बना पाये है।

"इसके बाद उस कमाण्डर का चेहरा गम्भीर हो गया, उसने अपने सीने पर दो तमग़े सीधे किये, निहत्था मेज़ से आगे बढ़ आया और बोला, 'देखो, सोकोलोव, तुम सच्चे रूसी फ़ौजी हो। तुम बढ़िया फ़ौजी हो। मैं भी फ़ौजी हूँ और शानदार दुश्मन की इज़्ज़त करता हूँ। मैं तुम्हें गोली नहीं मारूँगा। और जानते हो, आज हमारी बहादुर फ़ौजें वोल्गा तक पहुँच गयी हैं और उन्होंने स्तालिनग्राद पर पूरी तरह क़ब्ज़ा कर लिया है। यह हमारे लिए बहुत ही ख़ुशी की बात है, इसलिए मैं तुम पर रहम कर तुम्हारी जान बख़्शता हूँ। इसलिए अपने ब्लॉक में वापस जाओ और यह तुम्हारी हिम्मत के नाम है, इसे अपने साथ लेते जाओ।'

यह कहकर उसने एक डबलरोटी और चर्बी का एक लोंदा मेरे हाथों में थमा दिया।

"मैंने उस रोटी को कस कर अपने सीने से चिपटा लिया ओर चर्बी अपने बायें हाथ में ले ली। सारी घटना के एक़दम एक अप्रत्याशित मोड़ ले लेने से मुझे इतनी हैरानी हुई कि मैं धन्यवाद तक देना भूल गया। केवल बायीं ओर मुड़ कर घूमा और दरवाज़े की ओर बढ़ चला। पर हर समय मुझे यही लगता रहा कि अब उसने मेरा कन्धा उड़ाया और मैं इस टुकड़े को अपने साथियों तक पहुँचाने में असमर्थ हुआ। लेकिन कुछ नहीं हुआ। एक बार फिर मौत मेरी बग़ल से निकल गयी। सिर्फ़ उसकी ठण्डी साँसों से मेरी साँसें छुईं, और बस...

"मैं कमाण्डर के कमरे से बिलकुल सधे हुए क़दमों से निकला, पर बाहर निकलते ही कभी इधर लड़खड़ाया तो कभी उधर। गिरते-पड़ते बैरक में पहुँचा, अन्दर घुसा, सीमेन्ट के फ़र्श पर ढह पड़ा और बेहोश हो गया। फिर अभी अँधेरा ही था कि साथियों ने मुझे जगाया, 'बताओ तो सही कि हुआ क्या?' इस पर मुझे कमाण्डर के यहाँ की पूरी घटना याद आयी और मैंने उन्हें सारा क़िस्सा सुनाया। 'पर रोटी हम आपस में किस तरह बाँटेगे?' काँपती हुई आवाज़ में मेरी बग़ल के पटरे के आदमी ने पूछा। मैंने कहा, 'सभी को बराबर-बराबर।' फिर हमने उजाला होने

की राह देखी और उजाला होने पर डोरे के एक टुकड़े से रोटी और चर्बी काटी। हर एक को दियासलाई की डिबिया के बराबर रोटी मिली और एक कण भी बरबाद नहीं किया गया। जहाँ तक चर्बी का सवाल है, वह तो थी ही इतनी कि आदमी के होंट भर चिकने हो सकें। लेकिन उसमें भी हमने सभी के लिए बराबर हिस्से किये।

"जल्दी ही जर्मनों ने हम में से सबसे मज़बूत 300 लोगों को एक दलदल सुखाने के काम पर लगा दिया और फिर हम रूह्र प्रदेश की खानों में काम करने के लिए भेज दिये गये। वहीं मैं 1944 तक रहा। उस समय तक हमारी फ़ौजों ने जर्मनों की थोड़ी अक़्ल ठिकाने कर दी थी और फ़ासिस्टों ने हम क़ैदियों की उपेक्षा करना बन्द कर दिया था।

"एक दिन जर्मनों ने हमें यानी सुबह की पाली के पूरे-के-पूरे लोगों को एक क़तार में खड़ा किया और दौरे पर आये किसी ओबेर-लेफ़्टिनेंट ने दुभाषिये के सहारे हमसे कहा, 'तुममें से जो फ़ौज में या लड़ाई के पहले मोटर-ड्राइवर रहे हों, वे एक क़दम आगे आ जायें।' तो हममें से सात ड्राइवर आगे आ गये। अब जर्मनों ने हमें पुराने ओवरऑल दिये और गार्डों की निगरानी में वे हमें पॉट्सडैम ले आये।

"वहाँ पहुँचे तो हमें अलग कर दिया गया। मुझे 'टोड्त' में काम करने के लिए भेजा गया। सड़कें बनाने और हिफ़ाज़त के कामों से सम्बन्ध रखने वाली संस्था को जर्मन इसी नाम से बुलाते थे।

"तो 'टोड्त' में मैं जर्मन इन्जीनियरों के एक मेजर की 'ओपेल-एडमिरल' मोटर चलाने लगा। यह समझो कि वह फ़ासिस्ट बेहद मोटा था! ठिगना-सा, जितना लम्बा उतना ही चौड़ा, पेट जैसे बिलकुल घड़ा, पीछे का हिस्सा बिलकुल छिनालों जैसा। सामने लटकती हुई ठोढ़ियों की गिनती एक नहीं, तीन। गर्दन के पीछे चारों ओर झूलती हुई माँस की तीन परतें। मेरे ख़याल में बदन की शुद्ध चर्बी का वज़न कुछ नहीं तो पचास किलोग्राम होगा। चलता तो इंजन की तरह हवा छोड़ता और हाँफता और खाने बैठ जाये तो समझो कि भगवान ही ख़ैर करे! सारे दिन मुँह चलाता रहता और अपने फ़्लास्क से उँडेल-उँडेल कर ब्राण्डी के बड़े-बड़े घूँट घोंटता रहता। जब-तब थोड़ा-बहुत हिस्सा मेरा भी लग जाता। वह सड़क के किनारे मोटर रुकवाता, थोड़ी-सी सॉसेज और पनीर काटता और गिलास चढ़ाता। कभी रंग में होता तो कुत्ते की तरह एक टुकड़ा मेरी ओर भी लोका देता। हाँ, हाथ में सीधे कभी न देता। कभी नहीं—इसे तो वह अपनी शान के ख़िलाफ़ समझता। लेकिन जो भी हो, कैम्प से इस ज़िन्दगी का कोई

मुक़ाबला नहीं था और धीरे-धीरे मैं आदमी जैसा नज़र आने लगा—यहाँ तक कि कुछ-कुछ माँस भी हड्डियों पर चढ़ने लगा।

"लगभग दो हफ़्तों तक मैं मेजर को पॉट्सडैम से बर्लिन ले जाता और बर्लिन से पॉट्सडैम वापस लाता रहा। इसके बाद वह हमारी फ़ौजों के विरुद्ध क़िलेबन्दी के सिलसिले में आगे के मोर्चे पर भेज दिया गया। फिर तो मेरी पलकों की नींद हवा हो गयी। मैं सारी रात यही सोचता रहता कि किस तरह यहाँ से भाग कर अपने साथियों से जा मिलूँ, कैसे अपने देश वापस पहुँचूँ!

"हम पोलोत्स्क नगर गये। वहाँ दो साल में पहली बार अपनी तोपों के धड़ाके मेरे कानों में पड़े। जानते हो भाई, मेरा दिल कैसे ख़ुशी से उछला था? यों समझो दोस्त, कि इरीना के साथ शुरू की मुलाक़ातों में भी दिल इस तरह कभी न धड़का था! लड़ाई पोलोत्स्क से कोई 18 किलोमीटर के फ़ासले पर पूरब में चल रही थी। शहर के जर्मन बुरी तरह बौखलाये हुए थे, बुरी तरह घबराये हुए थे। ऐसे में मेरे घड़े-से पेट वाले अफ़सर ने पीने का हिसाब बढ़ाना शुरू किया तो बढ़ाता ही चला गया। दिन में वह मोटर में इधर-उधर चक्कर लगाता और क़िलेबन्दी के बनाये जाने के सिलसिले में हिदायतें देता और रात को अकेले बैठ कर ढालता। नतीजा यह हुआ कि वह फूलता चला गया

और उसकी आँखों के नीचे बड़ी-बड़ी थैलियाँ लटकने लगीं...

"मैंने सोचा, 'अब और देर नहीं करनी चाहिए, अब मेरा वक़्त आया है! लेकिन अकेले मुझे यहाँ से बच कर नहीं जाना है, इस मोटे तुँदियल को भी साथ ले जाना है, हमारे लोगों के काम आयेगा!'

"तो खण्डहरों में मुझे बटखरा मिल गया। मैंने उसके चारों तरफ़ चिथड़े लपेट दिये ताकि इससे वार करने पर ख़ून न निकले। फिर सड़क पर टेलीफ़ोन का एक लम्बा-सा तार भी मेरे हाथ लग गया, इस तरह मैंने ज़रूरत की हर चीज़ तैयार कर ली और अगली सीट के नीचे छिपा दी। जर्मनों को अलविदा कहने के दो दिन पहले, एक दिन शाम को, मैं मोटर में पेट्रोल डलवा कर लौट रहा था कि मैंने एक छोटे जर्मन अफ़सर को नशे में धुत्त दीवार को थाम कर चलते देखा। बस, तो मैं उसके पास पहुँचा, उसे एक टूटी हुई इमारत में ले गया, उसकी वर्दी और सिर को टोपी उतार ली। यह सब भी मैंने सीट के नीचे छिपा दिया। अब तैयारी पूरी हो गयी।

"29 जून की सुबह को मेरे मेजर ने मुझे शहर से बाहर त्रोस्नीत्सा की तरफ़ ले चलने को कहा। वह वहाँ के रक्षा-सम्बन्धी निर्माण-कार्यों का संचालक था। हम मोटर में बैठे और रवाना हो गये। मेजर पीछे की सीट पर बैठा चैन से

ऊँघने लगा और अगली सीट पर मेरा कलेजा उछल कर बाहर आने-आने को होने लगा। मैंने मोटर तेज़ चलायी, पर शहर के बाहर पहुँच कर रफ़्तार धीमी कर दी। फिर गाड़ी रोकी, बाहर निकला और चारों ओर नज़र दौड़ायी। पीछे बहुत दूर दो ट्रक धीरे-धीरे आते दीखे। मैंने अपना वज़नी बटखरा निकाला और पूरा दरवाज़ा खोला। देखा कि घड़े-सी तोंद वाला मेजर सीट पर पड़ा इस तरह ख़र्राटे ले रहा है, मानो उसकी बीवी उसकी बग़ल में हो। बस, तो मैंने आव देखा न ताव, और बटखरा उसकी बायीं कनपटी पर दे मारा। उसका सिर उसके सीने पर झूल गया। मामला पक्का करने के लिए मैंने एक चोट फिर की। पर मैं उसे मारना नहीं चाहता था। मैं उसे ज़िन्दा अपने साथ ले जाना चाहता था, हमारे लोग उससे काम की कितनी ही चीज़ें जान सकते थे। हाँ, तो, मैंने उसके केस से पिस्तौल निकाली और उसे अपनी जेब में डाल लिया। फिर मैंने पिछली सीट के पीछे एक ब्रैकेट घुसेड़ा और टेलीफ़ोन का तार मेजर की गर्दन के चारों ओर लपेटकर ब्रैकेट में बाँध दिया ताकि मेरे तेज़ी से मोटर चलाने पर वह लुढ़के नहीं। अब मैंने जर्मन वर्दी डाटी, टोपी लगायी और मोटर सीधे उस ओर बढ़ायी जिस ओर धरती हाहाकार कर रही थी और लड़ाई चल रही थी।

''मैंने जर्मन मोर्चे की सीमा तोपों की भूमिगत चौकियों के बीच से पार की। एक खाई से सब-मशीनगनरों की

एक टोली ने सिर बाहर निकाला। मैंने जान-बूझ कर मोटर धीमी कर दी, ताकि वे देख लें कि मेरे साथ एक मेजर है। इस पर वे चीख़ने-चिल्लाने और हाथ हिला-हिला कर मुझे आगे जाने से रोकने लगे, लेकिन मैं ऐसे बना जैसे कि कुछ समझ ही नहीं रहा, और मैंने मोटर अस्सी की रफ़्तार पर छोड़ दी। जब तक जर्मनों ने असलियत समझी-समझी और गोली चलायी-चलायी, तब तक मैं बिलकुल ख़रगोश की तरह गढ़ों से बचता-बचाता अधिकारहीन इलाक़े में पहुँच गया।

''यहाँ जर्मन पीछे से गोलियाँ बरसाते रहे कि आगे से मेरे अपने साथी तिलमिला उठे और मुझ पर निशाने साधने लगे। चार गोलियाँ विण्ड-स्कीन के पार हो गयीं। उन्होंने रेडियेटर उड़ा दिया...पर पास ही एक झील की बग़ल से मुझे एक छोटा-सा जंगल नज़र आया और अपने कुछ साथी मोटर की ओर दौड़ते दीखे। मैंने गाड़ी जंगल की ओर बढ़ा दी। वहाँ पहुँच कर दरवाज़ा चौपाट खोल दिया और धरती पर लेट कर उसे चूमा। इस समय साँस मुश्किल से ही आती-जाती रही...

''जैसी मैंने पहले कभी नहीं देखी थी, ट्यूनिक पर लगी कन्धे की ऐसी ख़ाकी-सी पट्टियों वाला एक जवान सबसे पहले मेरे पास आया और दाँत निकालते हुए बोला, 'हाँ, तो, जर्मन शैतान, रास्ता भूल गया है तू?' मैंने झटके

से जर्मन ट्यूनिक चीर डाली, टोपी को पैरों के नीचे रौंदा और उससे बोला, 'प्यारे-प्यारे, जवान बच्चे! मेरे राजा बेटे! मैं और जर्मन...वोरोनेज़ में पैदा हुआ, वहीं बड़ा हुआ! मैं तो फ़ौजी क़ैदी रहा हूँ, समझे? और सुनो, अब उस मोटे को मोटर से बाहर निकालो, उसका ब्रीफ़केस अपने क़ब्ज़े में करो और मुझे अपने कमाण्डर के पास ले जाओ।'

"मैंने उसे पिस्तौल सौंप दी और फिर शाम तक एक आदमी से दूसरे आदमी के पास भेजा जाता रहा। आख़िर शाम को मुझे डिविज़न के कर्नल-कमाण्डर के सामने पेश होने को कहा गया। उस समय तक मुझे खिलाया-पिलाया और नहलाया-धुलाया जा चुका था। तरह-तरह के सवाल पूछे जा चुके थे और नयी वर्दी मिल चुकी थी। इसलिए मैं कर्नल की खाई में गया तो क़ायदे से, क़ायदे के कपड़ों में, तन और मन से निर्मल। कर्नल अपनी कुर्सी से उठा, सभी अफ़सरों के सामने उसे मुझे अपने सीने से लगाया और बोला, 'फ़ौजी, जो तोहफ़ा तुमने हमें ला कर दिया है, उसके लिए बहुत-बहुत धन्यवाद! तुम्हारे मेजर और उनके ब्रीफ़केस से हमें इतनी सूचना मिली है जितनी हमें मोर्चे पर बन्दी बनाये जाने वाले बीस जर्मनों से भी न मिलती। मैं सरकारी सम्मान और पदक के लिए तुम्हारी सिफ़ारिश करूँगा।' कर्नल के शब्दों और स्नेह ने मुझे इस तरह द्रवित

किया कि हज़ार न चाहने पर भी मेरे होंट थरथरा उठे। मैं सिर्फ़ इतना ही कह पाया, 'साथी कर्नल, मेरी प्रार्थना है कि मुझे राइफ़ल यूनिट में शामिल कर लिया जाये।'

"पर कर्नल हँसा और मेरा कन्धा थपथपाया, 'तुम भला क्या लड़ोगे जब सीधे खड़े भी नहीं हो सकते? मैं तुम्हें अभी अस्पताल भेज रहा हूँ। वहाँ तुम्हारा ज़रूरी इलाज होगा और तुम्हें खिला-पिला कर कुछ तगड़ा किया जायेगा। इसके बाद तुम एक महीने की छुट्टी पर घर जा कर अपने परिवार के लोगों से मिलोगे। जब वापस आओगे तब तय करेंगे कि तुम्हें कहाँ भेजा जाये।'

"कर्नल और वहाँ उपस्थित सभी अफ़सरों ने मुझसे हाथ मिलाये और दिल से अलविदा कहा। मैं जब बाहर आया तो बहुत उत्तेजित और द्रवित था, क्योंकि युद्ध के क़ैदी के रूप में पिछले दो वर्षों में बिलकुल भूल ही गया था कि इन्सान के साथ इन्सान का-सा व्यवहार कैसा होता है। और, भाई, ज़रा ग़ौर करना, एक ज़माने तक मेरा यह हाल रहा कि जब अपने ऊँचे अफ़सरों से बातचीत करता तो गर्दन कन्धों के बीच छिपाता रहता। हर वक़्त यही खटका लगा रहता कि अब उनका हाथ उठा, कि अब उठा। हाँ, तो, इस तरह का बना दिया गया था हमें फ़ासिस्ट कैम्पों में...

"अस्पताल में पहुँचते ही मैंने इरीना को एक पत्र लिखा और इने-गिने शब्दों में पूरी दास्तान दोहरायी कि मैं कैसे क़ैदी बना और केसे जर्मन मेजर को अपने साथ लिये हुए जान बचा कर भाग निकला। बच्चों की तरह डींग हाँकते की मुझे यह क्या सूझी थी, कहना मुश्किल है। मैं बिलकुल सब्र से काम नहीं ले पाया और यह तक भी लिख दिया कि कर्नल ने पदक के लिए मेरे नाम की सिफ़ारिश करने का वादा किया है...

"फिर दो हफ़्तों तक मैं सिर्फ़ सोता और खाता-पीता रहा। अस्पताल में लोग एकबारगी खाना कम ही देते, पर दिन में कई बार खिलाते। डाक्टर ने कहा कि अगर तुम्हें तुम्हारे मनमाने ढंग से खाने को दिया जाये तो तुम मर जाओगे। मैं ख़ूब स्वस्थ हो गया। लेकिन दो हफ़्ते बाद तो एक कौर तक मुँह में डालने को मेरा मन न होता। इस बीच घर से कोई ख़त नहीं आया और मुझे यह मानना ही होगा कि मेरा मन बहुत परेशान रहने लगा। अब न खाने का ध्यान आता और न सोने का। तरह-तरह के बुरे ख़याल दिमाग़ में चक्कर काटते रहते...ऐसे में तीसरे सप्ताह वोरोनेज़ से ख़त आया, पर पत्र इरीना का न था, बल्कि बढ़ई का काम करने वाले मेरे एक पड़ोसी इवान तिमोफ़ेयेविच का था। ईश्वर न करे कि किसी को कभी ऐसा ख़त मिले! पड़ोसी ने लिखा था, 'जर्मनों ने जून 1942 में हवाई जहाज़ों

के कारख़ाने पर बमबारी की और एक बम सीधे तुम्हारे घर पर गिरा। जब बम गिरा तो इरीना और बच्चियाँ घर पर ही थीं...बाद में हमें उनके नामो-निशान तक का पता न चला। जहाँ तुम्हारा मकान था, वहाँ गहरा गढ़ा-सा बन गया...' पहली बार तो हिम्मत जवाब दे गयी और मैं वह ख़त पूरा पढ़ नहीं सका। आँखों के आगे अँधेरा छा गया और दिल एक़दम मुर्दा-सा हो गया और लगा कि बस अब खेल ख़त्म! मैं पलँग पर लेटा रहा और जब थोड़ी-सी हिम्मत और शक्ति लौटी तो मैंने ख़त आख़िर तक पढ़ा। मेरे पड़ोसी ने लिखा था कि बम के गिरने के समय अनातोली शहर में था। शाम को घर आया तो उसने वहाँ गहरा गढ़ा देखा। वह उसी रात को शहर लौट गया। जाने के पहले उसने पड़ोसी से सिर्फ़ इतना कहा कि मैं नाम लिखा कर लाम पर जा रहा हूँ...और बस।

"जब मेरा दिल ज़रा क़ाबू में आया और तबीयत सँभली तो मुझे याद आया कि स्टेशन पर मुझसे विदा होते समय इरीना कैसे मेरे साथ लिपटी रही थी। उसके स्त्री-हृदय ने ज़रूर तभी उसे यह बता दिया होगा कि अब हम एक-दूसरे से कभी नहीं मिलेंगे। और मैंने उसे एक ओर को धकेल दिया था...कभी मेरा परिवार था, मेरा अपना घर था और इस परिवार और इस घर को बसाने में सालों-साल लगे थे, पर एक झटके में ही सब-कुछ बरबाद हो गया था

और मैं अकेला रह गया था। मैं सोचने लगा—मेरी यह अटपटी ज़िन्दगी क्या एक सपना, एक ख़्वाब तो नहीं है? बेशक सपना ही है! जब मैं क़ैदी था तो हर रात को इरीना और बच्चे मेरे सपनों में आते थे और मैं उन्हें यह कह कर ढाढ़स बँधाने की कोशिश करता था कि तुम लोग दुखी न हो, मन मैला न करो, मैं जल्दी ही घर आऊँगा, मैं मज़बूत आदमी हूँ, सब कुछ सह सकता हूँ। हम ज़रूर एक-न-एक दिन फिर एक साथ होंगे...यानी दो साल तक मैं बराबर मुर्दों से बातें करता रहा था!!"

वह एक मिनट तक चुप रहा, फिर बदली हुई, धीमी आवाज़ में रुक-रुक कर बोला—

"आओ, भाई, एक सिगरेट हो जाये...जाने क्यों ऐसा लगता है जैसे कि कोई मेरा गला घोंट रहा है।"

हमने सिगरेटें जलायीं। बाढ़ की लपेट में आये हुए जंगल को गुँजाता हुआ कोई कठफोड़वा खट-खट कर रहा था। गर्म हवा आलदारों के पेड़ों की सूखी पत्तियों को अब भी सरसरा रही थी। आसमान में बहुत ऊपर, नावों के कसे हुए दूधिया पाल जैसे बादल अब भी नील नभ के बीच तैरते हुए सामने से गुज़र रहे थे। उदासी-भरे मौन के इस क्षणों में बसन्त के विशद आगमन के लिए, जीवन में प्राण की अमर प्रतिष्ठा के लिए तैयार होता अपार जगत

मुझे बिलकुल दूसरा ही लगा। चुप्पी जैसे काटने लगी, और मैंने पूछा—

"फिर...फिर क्या हुआ?"

अपनी कहानी कहने वाले ने बेमन से जवाब दिया, "फिर...फिर क्या हुआ? फिर मुझे कर्नल ने एक महीने की छुट्टी दे दी। एक सप्ताह बाद मैं वोरोनेज़ जा पहुँचा और पैदल उस जगह गया जहाँ कभी अपने परिवार के साथ रहता था। वहाँ ज़ंग लगे पानी का एक बड़ा गढ़ा नज़र आया। हर ओर उगी हुई जंगली झाड़ियाँ कमर-कमर तक ऊँची थीं...हर तरफ़ गहरा सन्नाटा था, वीरानगी थी—क़ब्रगाह की तरह का-सा सन्नाटा। भाई मेरे, उस समय कैसा लगा, कैसी तबीयत परेशान हुई, तुम्हें बतला नहीं सकता मैं! मैं वहाँ खड़ा रहा, भारी मन लिये हुए। इसके बाद मैं स्टेशन लौट आया। वहाँ तो एक घण्टे रहना भी दुश्वार हो गया। नतीजा यह कि उसी दिन डिविज़न में वापस।

"लेकिन तीन महीने बाद मेरी ज़िन्दगी में ख़ुशी का एक क्षण अनजाने ही कौंधा, जैसे बादलों के बीच धूप की एक किरण। मुझे अनातोली की खोज-ख़बर मिली। उसने दूसरे मोर्चे से मेरे नाम ख़त भेजा। हमारे उसी पड़ोसी से उसे मेरा पता मिल गया था। पता चला कि शुरू-शुरू में उसने तोपख़ाने के कॉलेज में प्रशिक्षण पाया और गणित में

उसकी विशेष योग्यता उसके ख़ासे दाहिने आयी। एक साल बाद उसने शानदार अंक प्राप्त करके इम्तहान पास किया और लड़ाई पर चला गया। उसने लिखा कि उसे कप्तान का ओहदा मिल गया है, अब वह '45' के एक तोपख़ाने की कमान सँभाले है और अब तक उसे छह तमगे और पदक मिल चुके हैं। मतलब यह कि उसने अपने बूढ़े बाप को बहुत पीछे छोड़ दिया था और एक बार फिर मुझे उस पर बड़ा अभिमान हुआ! तुम जो चाहे सो कहो, पर यह कि मेरा अपना बेटा कप्तान और एक तोपख़ाने का कमाण्डर हो गया था, यह कोई मामूली बात नहीं थी! इतना ही नहीं, वह बहुत-से पदक भी पा चुका था। इससे क्या फ़र्क़ पड़ता है कि उसका बाप 'स्टूडीबेकर' लॉरी में तोप के गोले और ऐसी ही दूसरी चीज़ें इधर-उधर पहुँचाता फिरता था। उसके बाप का ज़माना गुज़र चुका था, लेकिन उसकी, मेरे उस कप्तान की तो सारी ज़िन्दगी उसके आगे पड़ी थी।

"और अब रातों को मैं बूढ़ों के-से सपने देखने लगा कि लड़ाई ख़त्म होते ही मैं अपने बेटे की शादी करूँगा और नये परिवार के साथ रहूँगा। थोड़ी-बहुत बढ़ईगीरी और बच्चों की देखभाल करूँगा—यानी वह सब करूँगा जो कोई भी बूढ़ा आदमी करता है। लेकिन ये सारे सपने भी महज़ सपने ही रहे। जाड़े में हमारी फ़ौजें बराबर आगे

ही आगे बढ़ती गयीं और एक-दूसरे से चिट्ठी-पत्री करने को समय न मिला। पर लड़ाई के ख़ात्मे के क़रीब यानी बर्लिन के बिलकुल पास से मैंने एक दिन सुबह अनातोली को एक ख़त लिखा और जवाब दूसरे ही दिन मिला। हुआ यह कि हम दोनों ही अलग-अलग रास्तों से जर्मनी की राजधानी तक पहुँच गये थे और एक-दूसरे के बहुत ही पास थे। अब मुलाक़ात होने तक का एक-एक पल भारी हो गया। ख़ैर, तो वह क्षण भी आया...ऐन नौ मई को विजय दिवस की सुबह को मेरे अनातोली को एक जर्मन निशानची ने मार डाला...

"दोपहर के बाद मुझे कम्पनी-कमाण्डर के सामने बुलाया गया। मैंने उसके साथ तोपख़ाने के एक अनजाने लेफ़्टीनेंट-कर्नल को बैठे देखा। मैं कमरे के अन्दर घुसा तो वह इस तरह उठ कर खड़ा हो गया, जैसे कि अपने से बड़े किसी अफ़सर से मिल रहा हो। मेरे कम्पनी-कमाण्डर ने कहा, 'ये तुमसे मिलने आये हैं, सोकोलोव,' और ख़ुद खिड़की की तरफ़ मुँह करके खड़ा हो गया। मुझे तो जैसे बिजली का झटका-सा लगा, मैं समझ गया कि दुर्भाग्य की कोई बिजली टूटी है। वह लेफ़्टिनेंट-कर्नल मेरे सामने आया और धीरे-से बोला, 'हिम्मत से काम लीजिये, बापू! आपका बेटा कप्तान सोकोलोव बाज सुबह शहीद हो गया। आइए, मेरे साथ चलिए!'

"मैं लड़खड़ाया, पर मैंने अपने पैर साधे। फिर मलबे से अटी सड़कों पर उस लेफ़्टिनेंट-कर्नल के साथ उसकी बड़ी मोटर में बैठ कर मैं जैसे गया, वह आज तक सपने-सा लगता है। सीधी लाइन में खड़े फ़ौजियों और लाल मख़मल से ढके ताबूत की आज मुझे महज़ धुँधली-धुँधली-सी याद है। पर मेरे दोस्त, मेरा अनातोली आज भी उसी तरह मेरी निगाहों के सामने है, जैसे तुम!

"मैं ताबूत के पास गया। हाँ, उस समय मेरी आँखों के सामने मेरा बेटा था और फिर भी जैसे वह मेरा बेटा नहीं था। मेरा बेटा अनातोली तो मेरे सामने सदा बच्चे की शक़्ल में आया था—होंटों पर हमेशा मुस्कान, कन्धे सँकरे और पतली गर्दन की उभरी हुई कण्ठी। लेकिन यहाँ तो मेरे सामने एक पूरा जवान था—कन्धे चौड़े, देखने में सुन्दर, आँखें अधमुँदीं मानो मुझे न देखते हुए कहीं दूर, अनजाने में कुछ देख रहा हो। महज़ एक चीज़ ज्यों-की-त्यों थी और वह थी मेरे बेटे के होंटों के कोनों पर हल्की-सी मुस्कान। यही थी वह मुस्कान जिससे मैं परिचित था...सो, मैंने उसे चूमा और हट कर एक किनारे खड़ा हो गया। लेफ़्टिनेंट-कर्नल ने भाषण दिया। मेरे अनातोली के मित्र अपने आँसू पोंछ रहे थे, पर मेरी आँखों में एक भी आँसू न आया। मुझे लगता है कि मेरे आँसू मेरे दिल में ही सूख कर रह गये थे। शायद इसीलिए मेरा दिल आज तक बुरी तरह टीसता है।

"मैंने अपनी आख़िरी ख़ुशी और उम्मीद उस परायी जर्मन धरती में दफ़ना दी। तोपों ने गोले दाग़ कर अपने कमाण्डर को लम्बे सफ़र के लिए विदा दी। मुझे अपने अन्दर की कोई चीज़ जैसे दम तोड़ती-सी लगी...मैं अपनी यूनिट में वापस आया तो एक़दम लुटा-लुटा-सा। इसके बाद जल्द ही मुझे सेना से छुट्टी मिल गयी। जाऊँ तो कहाँ? वोरोनेज़? मन ने कहा, 'नहीं, हरग़िज़ नहीं!' मुझे अपने एक दोस्त की याद आयी—वह लड़ाई में अपाहिज हो कर जाड़े में ही घर लौटा था और उर्यूपिन्स्क नगर में रहता था। उसने एक बार मुझे अपने पास आने को कहा भी था—तो बस, मैं रवाना हो गया।

"मेरे दोस्त और उसकी बीवी का कोई बच्चा न था और शहर के सिरे पर उनका छोटा-सा निजी घर था। दोस्त को अपाहिजी की पेन्शन मिलती थी, पर वह एक ट्रक-डिपो में ड्राइवर का काम भी करता था। सो, मुझे भी वहीं काम मिल गया। मेरे दोस्त ने मुझे भी सिर छिपाने की जगह दे दी। हम ट्रकों पर तरह-तरह के सामान लाद कर आस-पास के इलाकों में पहुँचाते। पतझड़ में हम अनाज की ढुलाई करते। तो यहीं मेरा परिचय अपने नये बेटे से हुआ, यानी इस बच्चे से हुआ जो इस समय वहाँ बालू में खेल रहा है।

"हम ड्राइवर लोग जब कोई लम्बा चक्कर लगा कर लौटते हैं तो सबसे पहले किसी चायख़ाने में जाते हैं, मुँह

में कुछ डालते हैं, और थकान मिटाने के लिए एक गिलास वोद्का गले के नीचे उतारते हैं। मैं यह मानता हूँ कि उस वक़्त तक यह मेरी ख़राब-सी आदत हो गयी थी...सो, मैं एक दिन चायख़ाने में गया तो मैंने इस लड़के को वहाँ देखा और दूसरे दिन गया तो इसे फिर वहाँ पाया। नन्हा-मुन्ना-सा यह बच्चा अजीब फटेहाल में दीखा—चेहरा तरबूज़ के रस और धूल-गर्द से सना हुआ। ऐसा गन्दा कि कहने की बात नहीं, चेहरे पर अस्त-व्यस्त बाल, लेकिन आँखें ऐसी जैसे कि बरखा-बूँदी के बाद रात के सितारे! बात बड़ी बेतुकी-सी लग सकती है, पर वह मेरे मन में ऐसा उतर गया कि न देखता उसे तो जैसे कोई कमी-सी खटकती। यही नहीं, मैं अपना काम जल्दी-जल्दी पूरा करता ताकि चायख़ाने पहुँचूँ और जल्दी-से-जल्दी उसे एक नज़र देखूँ। यह बच्चा उस चायखाने में ही खाता यानी जो कोई जो कुछ दे देता, वही इसका खाना हो जाता।

"चौथे दिन मैं अपनी ट्रक में अनाज भरे हुए सीधा चायख़ाने में आया और मैंने अपना ट्रक वहाँ रोका। बच्चा सीढ़ी पर बैठा पैर हिलाता नज़र आया। लड़का ख़ासा भूखा है, यह बात उसके चेहरे पर एक निगाह डालते ही साफ़ हो गयी। मैंने खिड़की से बाहर सिर निकाला और चिल्ला कर कहा, 'ए वान्या, इधर आओ...चढ़ आओ ट्रक पर...मैं तुम्हें एलीवेटर तक ले चलूँगा। फिर हम यहाँ लौटेंगे और खायें-पियेंगे।' लड़का मेरी आवाज़ से चौंक

गया, फिर सीढ़ियों से कूदा और ट्रक के पायदान पर चढ़ा। उसकी सितारों जैसी आँखें अचरज से फैल गयीं। वह धीरे-से बोला, 'तुम्हें कैसे मालूम है कि मेरा नाम वान्या है?' लड़का आँखें फाड़ कर मेरे जवाब का इन्तज़ार करने लगा। मैंने कहा, 'भैये, मेरी गिनती दुनिया के उन लोगों में है जो सभी कुछ जानते हैं।'

"लड़का घूम कर दायीं ओर आ गया। मैंने दरवाज़ा खोल कर उसे अपनी बग़ल में बिठा लिया और हम चल दिये। लड़का बड़ा ही ज़िन्दादिल लगा, लेकिन यकायक चुप हो गया और रह-रह कर अपनी लम्बी, छल्लेदार बरौनियों के नीचे से मुझे देखता और आह भरता रहा। सोचो कि इतना नन्हा-सा बच्चा और आहें भरे! मैंने पूछा, 'तुम्हारे बापू कहाँ हैं, वान्या?' बहुत धीमी आवाज़ में जवाब मिला, 'लड़ाई के मोर्चे पर मारे गये।'—'और तुम्हारी माँ?' —'माँ...हम गाड़ी में सफ़र कर रहे थे कि एक बम आ गिरा और वह मर गयी।'—'गाड़ी में कहाँ से आ रहे थे तुम?' —'मालूम नहीं, मुझे याद नहीं...' —'यहाँ तुम्हारा कोई रिश्तेदार नहीं है?' —'नहीं, कोई भी नहीं है।' —'रात को तुम सोते कहाँ हो?' —'कहीं भी।'

"गर्म-गर्म आँसू छलकने को बेक़रार होने लगे। मैंने तुरन्त ही फ़ैसला कर लिया कि मुझे क्या करना है। क्या ज़रूरत है हमें अकेले-अकेले और अलग-अलग यातनाएँ भोगने की? मैं इसे बेटा बना लेता हूँ!...बस, तो इस

ख़याल के साथ ही मन जैसे हल्का हो गया और दिल में जैसे एक तरह का उजाला हो गया। मैं उसकी तरफ़ झुका और मैंने बहुत धीरे-से पूछा, 'वान्या, तुम जानते हो कि मैं कौन हूँ?' उसने गहरी साँस लेते हुए पूछा, 'कौन हो तुम?' —'मैं तुम्हारा बापू हूँ,' मैंने पहले की तरह धीरे-से कहा।

"भगवान ही जानता है कि इसके बाद क्या हुआ! वह मेरी गर्दन से आ लिपटा, मेरे गाल, होंट और माथा चूमने लगा और गाने वाली चिड़िया की तरह चहचहाने लगा, 'मेरे प्यारे बापू! मैं जानता था! मैं जानता था कि तुम मुझे खोज लोगे! मैं जानता था कि चाहे कुछ भी क्यों न हो जाये, तुम मुझे खोज कर ही दम लोगे! मैं कब से तुम्हारी राह देखता रहा हूँ!' वह मेरे बदन से सट आया। वह हवा में काँपने वाली घास की पत्ती की तरह काँप रहा था। मेरी आँखें धुँधला गयीं और मैं भी काँपने लगा तथा हाथ थरथराने लगे...मैं स्टीयरिंग कैसे साधे रहा, कह नहीं सकता! फिर भी गाड़ी सड़क से नीचे उतर गयी और इंजन बन्द हो गया। मेरी आँखों से जब तक धुन्ध हट नहीं गयी, मुझे गाड़ी चलाते हुए डर महसूस हुआ कि कहीं किसी को कुचल न दूँ। हम कोई पाँच मिनट तक वहाँ बैठे रहे और मेरा बेटा मेरे साथ बेहद सटा हुआ, बिलकुल ख़ामोश और सिर्फ़ काँपता रहा। मैं अपना दायाँ हाथ उसके कन्धे पर रखा, उसे प्यार से कसा, बायें हाथ से गाड़ी घुमायी और

अपने घर वापस आ गया। इसके बाद एलीवेट का ख़याल ही न रहा।

"घर पहुँचने पर मैंने गाड़ी दरवाज़े पर रोकी, अपने नये बेटे को गोदी में उठाया और अन्दर ले आया। वह मेरे गले में झूल गया और बस वहीं चिपक कर रह गया। यही नहीं, उसने अपना गाल मेरी बढ़ी दाढ़ी वाले गाल से चिपका लिया और फिर वहीं बनाये रखा। इसी रूप में मैं उसे घर लाया। मेरा मित्र और उसकी पत्नी दोनों घर पर थे। मैंने उन्हें आँखों से इशारे किये और उत्साह और ख़शी से भर कर बोला, 'आख़िर अपने नन्हे-मुन्ने वान्या को खोज ही लिया मैंने! ये रहे हम दोनों, देखते हो!' मेरे सन्तानहीन मित्र-दम्पति तुरन्त ही सारी बात समझ गये और इधर-उधर दौड़ने-धूपने लगे। मगर बेटा था कि मुझसे चिपटा हुआ था। पर किसी तरह मैंने उसे बहलाया। मैंने उसके हाथ साबुन से धोये और उसे खाने की मेज़ पर ला बिठाया। मेरे मित्र की पत्नी ने एक तश्तरी शोरबा तुरन्त ही उसके सामने ला रखा और जब उसने बच्चे को शोरबे पर टूटते देखा तो उसकी आँखें भर आयीं। वह स्टोव के पास खड़ी पेशबन्द से अपनी आँसू पोंछती रही। मेरे वान्या ने उसे रोते देखा तो वह दौड़ कर उसके पास पहुँचा, स्कर्ट का सिरा खींचते हुए बोला, 'तुम रो क्यों रही हो, चाची? बापू ने मुझे चायख़ाने के पास पाया। इस पर सबको ख़ुश होना चाहिए और तुम रो रही हो!' पर वह तो अब फूट कर रो

पड़ी और फिर उसकी आँखें ऐसी बरसीं, ऐसी बरसीं कि तन-बदन आँसुओं से तर-ब-तर हो गया!

"खाने के बाद मैं उसे नाई के पास ले गया और मैंने उसके बाल कटवाये। फिर घर वापस ला कर मैंने उसे टब में नहलाया और साफ़ चादर उसके बदन पर लपेटी। इसके बाद उसने मेरे गले में बाँहें डालीं और उसी हालत में सो गया। मैंने उसे धीरे-से पलँग पर लिटाया, ट्रक ले ला कर अनाज एलीवेटर में ख़ाली किया, ट्रक डिपो में पहुँचाया और जल्दी-जल्दी दुकानों की ओर बढ़ा। यहाँ मैंने अपने बेटे के लिए सर्ज की पतलून, क़मीज़, एक जोड़ी सैंडल और तिनकों वाला एक टोप ख़रीदा। सभी चीज़ें ग़लत साइज़ की निकलीं और गुणवत्ता की दृष्टि से भी कोई बहुत अच्छी न रहीं। पतलून देख कर तो मेरे दोस्त की पत्नी ने मुझे डाँट भी पिलायी, 'तुम्हारा दिमाग़ ख़राब है! ऐसी गर्मी में बच्चे को सर्ज की पतलून पहनाओगे!' यही नहीं, दूसरे ही मिनट उसने सिलाई की मशीन सामने रखी, सन्दूक उल्टा-पलटा, कपड़ा निकाला और मेरे वान्या के लिए देखते-देखते सूती पतलून और एक सफ़ेद क़मीज़ सी कर तैयार कर दी। रात हुई तो मैंने उसे अपने साथ सुलाया और एक ज़माने के बाद पहली बार मैं चैन से सोया। वैसे रात में मैं कोई चार बार जगा। बच्चा हल्की-हल्की साँसें लेता पत्तियों के नीचे बसेरा लेती गौरैया की तरह मेरी बाँहों में बँधा सोता रहा। दोस्त, मेरे पास शब्द

नहीं कि मैं तुम्हें बतालाऊँ कि मुझे कैसा और कितना सुख मिला! मैंने कोशिश की कि हिलूँ-डुलूँ तक नहीं, कि कहीं बच्चे की नींद न टूट जाये। पर यह कोशिश बेकार रही। बीच-बीच में मैं बहुत धीरे-से उठता, दियासलाई जलाता और उसके सिरहाने खड़ा उसे प्यार से देखता...

"उजाला होने के ज़रा पहले मैं जागा और समझ नहीं पाया कि क्यों मुझे घुटन-घुटन-सी लगी। पर ज़रा देर बाद ही मालूम हुआ कि बेटे साहब अपनी चादर से बाहर आ गये हैं, मेरे सीने पर पसरे हुए हैं और नन्हा-सा पैर मेरे गले पर टिकाये हैं। साथ सोता है तो परेशान बहुत करता है, पर अब आदी हो गया हूँ। वह साथ नहीं सोता तो मुझे जैसे उसकी कमी-सी खटकती है। रात को मैं कभी उसे सोते हुए भर आँख देखता हूँ, कभी उसके बाल सूँघता हूँ और जैसे दिल का दर्द कम हो जाता है, तबीयत हल्की हो जाती है। मेरा दिल तो दर्द सहते-सहते, पत्थर हो गया था, मेरे भाई...

"शुरू-शुरू में तो यह हुआ कि मैं ट्रक चलाता तो वान्या मेरे साथ-साथ ही रहता। लेकिन फिर मुझे महसूस हुआ कि इस तरह काम चलने का नहीं। मेरी अकेली जान को भला ज़रूरत ही किस चीज़ की होती थी?' एक टुकड़ा रोटी, एक अदद प्याज़ और एक चुटकी नमक, फ़ौजी आदमी के सारे दिन के लिए काफ़ी। मगर जब

लड़का रहता तो बात ही दूसरी होती। कभी उसे दूध की ज़रूरत पड़ती, तो कभी उसके लिए एक अण्डा उबाला जाना ज़रूरी था। लेकिन मुझे तो अपना काम भी करना होता। इसलिए मैंने कलेजा कड़ा किया और उसे अपने दोस्त की पत्नी की देख-रेख में छोड़ने लगा। ख़ैर तो, वह सारे दिन रोता रहता और शाम को मुझसे मिलने एलीवेटर पर आ जाता और काफ़ी रात गये तक मेरी राह देखता रहता।

"शुरू-शुरू में लड़के के मामले में काफ़ी तकलीफ़ों का सामना करना पड़ा। एक बार हम उजाला रहते ही पलँग पर जा लेटे। दिन भर बहुत कड़ी मेहनत की थी मैंने। लेकिन हमेशा गौरैया की तरह चहकने वाला लड़का आज बहुत ही उदास और शान्त लगा। मैंने पूछा, 'बेटे, क्या सोच रहे हो तुम?' उसने छत की तरफ़ देखते हुए पूछा, 'तुमने अपना चमड़े का कोट क्या किया, बापू?' मेरे पास चमड़े का कोट ज़िन्दगी में कभी रहा ही नहीं था? मैंने जैसे-तैसे बहलाया। कहा, 'कोट वोरोनेज़ में रह गया।'—'और मुझे खोजने में तुम्हें इतने दिन क्यों लगे?'—'बेटे, मैंने तुम्हें खोजा जर्मनी में, पोलैण्ड में और पूरे बेलोरूस में, लेकिन तुम मिले यहाँ उर्यूपिन्स्क में'—'क्या उर्यूपिन्स्क जर्मनी की तुलना में निकट है? क्या पोलैण्ड हमारे घर से दूर है?' यानी इस तरह हम तब तक बातें करते रहे जब तक कि नींद नहीं आ गयी।

"लेकिन शायद, दोस्त, तुम यह समझते हो कि चमड़े

के कोट का सवाल लड़के ने यों ही, बिना किसी ख़ास वजह के किया? नहीं, ऐसा नहीं। उस सवाल के पीछे अच्छा-ख़ासा कारण था। इसका मतलब यह है कि उसके असली पिता के पास कभी कोई चमड़े का कोट था और उसे उस चमड़े के कोट की याद हो आयी थी। बच्चों की याददाश्त गर्मी के दिनों की बिजली की तरह होती है कि अभी-अभी कौंधी और हर चीज़ दमक उठी और अभी-अभी ग़ायब! यानी उस बच्चे की याददाश्त ने भी बिलकुल गर्मी की बिजली की कौंधों का-सा काम किया।

"हो सकता है कि उर्यूपिन्स्क में हम एक साल और साथ रहते, पर नवम्बर में मैं एक दुर्घटना कर बैठा। एक दिन एक गाँव के दलदली रास्ते से ट्रक ले जा रहा था कि गाड़ी किनारे के सिरे पर फिसलने लगी और रास्ते में एक गाय आ गयी और उसकी टाँग पर चोट लगी। तो तुम जानो कि औरतों ने बड़ा शोर-गुल मचाया, तमाम लोग इधर-उधर से आ जमा हुए, होते-होते एक ट्रैफ़िक-इन्सपेक्टर भी वहाँ आ पहुँचा। मैंने उससे कहा कि जाने दीजिए, मामूली-सी बात है लेकिन उसने मेरा लाइसेंस ले ही तो लिया। गाय उठी और पूछ नचाती हुई गली में भाग गयी, मगर मेरा लाइसेंस छिन गया। फिर जाड़े भर मैंने बढ़ई का काम किया। इसके बाद ड्राइवर का काम करने वाले एक पुराने फ़ौजी दोस्त से मेरा पत्र-व्यवहार हुआ और उसने मुझे अपने यहाँ आने को कहा। मेरा वह मित्र आपके कशारी जिले में रहता है। उसने लिखा, 'आओ

और मेरे साथ रहो। तुम एक साल यहाँ बढ़ई का काम करना, इसके बाद तुम्हें हमारे इलाके में ट्रक चलाने का नया लाइसेंस मिल जायेगा...' इस तरह हम यानी मैं और मेरा बेटा कशारी के लिए पैदल रवाना हुए।

"लेकिन दुर्घटना से इसका कोई सम्बन्ध नहीं। गाय का मामला न होता तो भी मैं उर्यूपिन्स्क तो छोड़ ही देता। मेरा दर्द मुझे एक जगह जम कर रहने नहीं देता। लेकिन अब, जब मेरा वान्या बड़ा हो जायेगा और स्कूल जाने लगेगा तब शायद कहीं पैर जमाना ही पड़ेगा। लेकिन फ़िलहाल तो हम रूसी धरती की ख़ाक छान रहे हैं।"

"लड़का इस तरह चलते-चलते थकता नहीं?" मैंने पूछा।

"वह अपने पैरों से तो बहुत ही कम चलता है। अक्सर तो वह मेरी सवारी करता है। मैं उसे कन्धों पर बैठा लेता हूँ और जब वह अपने पैर सीधे करना चाहता है तो नीचे कूद पड़ता है और मेमने की तरह उछलते हुए सड़क के किनारे-किनारे दौड़ लगाता है। भाई मेरे, यह सब तो मामूली नाते हैं। हमारा साथ क़ायदे से निभेगा, पर बात तो महज़ यह है कि मेरे दिल में कहीं कोई खटक होती है और इस मशीन का पिस्टन बदलना ज़रूरी हो गया है...कभी-कभी इस तरह टीस उठती है कि आँखें चकराने लगती हैं। मुझे तो डर है कि कहीं किसी दिन सोते-ही-सोते मेरा दम न निकल जाये और मेरा बेटा सहम जाये। फिर एक दूसरी मुसीबत भी है: लगभग हर रात को सपनों में मैं अपने दिल

के उन टुकड़ों को देखता हूँ, जो आज इस दुनिया में मेरे लिए नहीं हैं, जिन्हें मैं खो चुका हूँ। अक्सर तो ऐसे देखता हूँ जैसे कि मैं किसी काँटेदार तार के इस तरफ़ हूँ और वे आज़ाद उस तरफ़...मैं अपनी इरीना और बच्चों से बातें करता हूँ, लेकिन ज्यों ही इस काँटेदार तार को बीच से तोड़ फेंकने की कोशिश करता हूँ, त्यों ही वे दूर चले जाते हैं, मेरी आँखों के सामने ही जैसे विलुप्त हो जाते हैं...और इस मामले में एक बात और भी है: दिन में तो मैं अपने को साधे रहता हूँ, इसलिए न तो पलकें गीली होती हैं, और न मुँह से उफ़ निकलती है, पर रातों में कभी-कभी आँख खुल जाती है तो पाता हूँ कि मेरा तकिया आँसुओं से तर है..."

इसी समय नदी की ओर से मेरे मित्र की और पानी में डाँडों के छपाके की आवाज़ आयी।

अब क़रीबी दोस्त लगने वाले उस अजनबी ने लकड़ी के कुन्दे की तरह सख़्त अपना हाथ मेरी ओर बढ़ाया—

"विदा, भाई...हमेशा क़िस्मत तुम्हारा साथ दे!"

"तुम भी मेरी शुभकामनाएँ स्वीकारो...तुम्हारा कशारी का सफ़र सफल हो!"

"धन्यवाद...ओ बेटे, सुनते हो, चलो, नाव में चलें।"

लड़का दौड़ कर अपने पिता की बग़ल में आ गया और उसकी रुईदार जैकेट का सिरा पकड़ कर नाव की ओर नन्हे-नन्हे क़दम बढ़ाने लगा।

दो अनाथ, बालू के दो कण, लड़ाई के भयानक तूफ़ान में उड़ कर किस अजीब क़हर के बीच जा पड़े...आख़िर अब उनका भविष्य क्या है ? मेरे अन्तर ने पूरे विश्वास से कहा कि यह रूसी, यह अदम्य इच्छा-शक्ति वाला आदमी सब कुछ सह जायेगा, टूटेगा नहीं और यह लड़का अपने पिता की स्नेह-छाया में रह कर एक नये साँचे में ढलेगा। वह एक ऐसा आदमी बनेगा जो देश की पुकार पर कड़ी-से-कड़ी मुसीबत सह सकेगा और बड़ी-से-बड़ी बाधा की कलाई मरोड़ सकेगा।

मैंने पिता और पुत्र को जाते देखा तो मेरा मन बड़ा टीसा। शायद जुदा होते समय इतना अधिक दुख न होता यदि अपनी पतली-पतली टाँगों से कुछ क़दम जाने के बाद वान्या मेरी ओर मुड़ कर अपना नन्हा-मुन्ना गुलाबी हाथ न हिलाता। और सहसा ही एक कोमल, पर चंगुलदार पंजा मुझे अपने दिल पर जकड़ता-सा लगा। मैंने झटपट मुँह दूसरी ओर कर लिया। नहीं, जिन सयाने लोगों के बाल लड़ाई के वर्षों ने सफ़ेद किये है वे नींद में ही नहीं, बल्कि उठते-बैठते, चलते-फिरते भी रोते हैं। पर सबसे बड़ी बात है समय रहते आँसू पोंछ लेना। महत्व की यही है कि बच्चे का दिल न दुखे, उसे ऐसा मौक़ा न मिले कि उसकी निगाह आदमी के गाल के एकमात्र, दहकते हुए आँसू पर पड़े...